KB065304

책방뎐

책방뎐

위로와 공감의 책방,
잘 익은 언어들 이야기

이지선 지음

일러두기

- 맞춤법과 외래어 표기는 현행 '한글 맞춤법 규정'과 《표준국어대사전》(국립국어원)을 따랐다. 단 글의 흐름상 필요한 경우, 관용적 표기나 일부 구어체는 그대로 살렸다(덕질, 치맥, 생쇼, 큐레이션하다, 엔젤투자자, 엄빠 등).
- 실생활에서 굳어진 일부 고유명사는 통용되는 대로 표기했다(소설 《헐리우드 키드의 생애》, 츠타야서점, 인명 마르땅 등).
- 책·정기 간행물은 《 》로, 노래·만화·방송 제목은 〈 〉로 표기했다.

시작하며

공양미 3백 석, 대출받아 봤니?

"엄마는 도대체 책방을 왜 하는 거야?"

"한 달에 얼마 벌어?"

2017년 10월에 '잘 익은 언어들'이란 이름의 작은 책방을 차리고서 두 아이에게 가장 많이 들었던 질문이다. 그도 그럴 것이 매출이 조금 올랐다 싶으면 책을 그만큼 들이고, 매출이 없는 달엔 허리띠를 졸라매는 바람에 치킨 한 마리를 시켜달라고 할 때마다 엄마의 눈치를 봐야 했던 아이들이다.

그럼에도 날마다 책방 일과 온갖 잡무에 시달리는 엄마라는 사람은 일요일이면 방바닥에 누워 끙끙 앓기만 하니 책방이라는 것을 시작하면서 제대로 된 엄마 노릇도 못 한 게 사실이다.

이러려고 책방 문을 연 것은 아니었는데…. 이렇게 살면 안 될 것 같았다. 내가 진짜 하고 싶은 일을 하는 것이라면 집에서도 유쾌하고 행복해야 했다. 그래야 아이들에게도 떳떳할 수 있었다.

좀 더 마음을 비우고자 노력했다. 돈에 대한 압박감부터 아이들의 미래에 대한 불안감, 나와 책방의 미래에 대한 계획들까지. 일요일엔 어디라도 가서 바람을 쐬거나 읽고 싶었던 책을 볼 수 있도록 시간을 만들었다. 책방지기를 오래 하려거든 다른 일상에서도 흔들리지 않는 게 중요했다.

그러는 사이 아이들이 훌쩍 컸다.

엄마인 나를, '이지선'이라는 '잘 익은 언어들의 책방지기'로 이해해 주기 시작했다. 물론 지금도 가끔 책방의 한 달 매출을 물으며 아이들답지 않은 걱정을 하기도 하지만, 매출 신장을 위한 아이디어를 낼 만큼 자라났다.

엄마가 자신들을 사랑하는 만큼 책방에도 진심인 것을 알고 있기 때문에 이제는 더 이상 책방을 하지 말라는 얘기는 하지 않는다.

전주시 송천동의 뒷골목에서 시작한 책방은 약 4년 동안 우여곡절을 겪으며 터를 닦았다. 나름 동네에서 잘 익어가는 중에 아쉽게도 코로나19가 모든 일상을 정지시키고 후퇴하게 만들었으나, 물러서지는 않았다.

그리고 2021년 8월, 전주의 한적한 구도심 주택가로 이전하여 '잘 익은 언어들 시즌 2'를 시작했다. 매달 꼬박꼬박 집주인에게 월세를 냈던 책방지기는 이제 통 크게 은행 대출을 받아 이자로 대신한다.

효녀 심청이는 아버지 눈을 뜨게 해드린다고 공양미 3백 석의 값을 치렀다는데, 나는 그만큼 대출받는 것으로도 모자라 아버지의 노후 대책인 땅(밭)까지 팔게 만들었으니 불효녀도 이런 불효녀가 없다. 앞으로 70대 할머니가 될 때까지 매달 꾸준히 그 빚을 갚아나가야 하기에 책방지기는 자동으로 평생 직업이 되었다.

누군가의 눈에는 또다시 무모한 도전으로 보일 수 있겠지만 왠지 겁은 나지 않는다. 부족했던 나를 믿고 책방을 찾아주신 손님들 덕분에 버텨낸 시간들이 헛되지 않음을 알기 때문이다. 앞으로도 특별하고 사랑스러운 우리 손님들이 함께 걸어주시리라 믿는다.

이 책의 제목을 《책방뎐》이라고 한 이유는 해학과 풍자로 서민들의 애환을 대변해 주던 '판소리 한마당'처럼 이 책도 누군가에게 위로와 공감이 되었으면 해서다. 아울러 이 책은 '잘 익은 언어들' 책방 이야기의 시작을 알리는 신호탄이기도 하다.

《책방뎐》은 부족했던 한 사람이 책방을 운영하며 다른 사람들을 통해 성장해 가는 모습이 담긴 일종의 '성장기'라고 할 수 있다. 책에서는 '잘 익은 언어들 시즌 1'인 송천동 시절의 이야기를 주로 다루었다.

1장에서는 덜 익은 책방지기가 책방을 시작하며 좌충우돌하는 과정과 책방을 운영하며 떠오른 생각들을 정리했다. 2장에서는 '어머나!'라는 감탄사를 부르는 우리 책방 손님들의 이야기를 비롯해 책방들 간의 연대 의식과 프로젝트에 대해 썼다. 3장에서는 더불어 살아가는 책방과 삶의 이야기를, 4장에서는 처음으로 책방지기의 사적인 이야기도 꺼내보았다.

　나는 오늘도 팔을 걷어붙이고 책 상자를 들어 나른다. 곱고 섬세한 책방지기는 못 되어도 씩씩하고 용감무쌍한 책방지기로 이웃들과 함께 살아갈 것이다. 날마다 동네책방의 존재 이유를 온몸으로 증명하면서.
　그러니 존경하옵는 독자들이여, 책방의 문지방이 닳도록 많이들 와주시면 백골난망이로소이다.

차례

2장 당신을 만나고 나를 만났다

3장 더 사랑하고 더 살아가리

4장 여기서만 하는 이야기

첫 번째 잘 익은 언어들

두 번째 잘 익은 언어들

사람들아, 책 좀 사 보소

"아따, 거 징하게 책도 안 보네그려! OECD 국가들 중에서 우리나라의 독서율이 거의 바닥이랴. 이게 웬일인고 살펴보니 어렸을 적부터 뭘 그리 배우러 다니는 게 많은 겨! 배우러 돌아다닐 시간에 책 한 권 제대로 읽는 것이 낫지 않겠능가?"

"그렇쥐!" (이것은 추임새여.)

"갈수록 태산이여! 중·고등학생이 되면 국·영·수 공부에 매달리느라 책이라곤 교과서와 참고서뿐. 추천 도서 읽을 시간도 안 줘놓고 추천하는 책들은 뭐 이리 어려운 것들로만? 애들이 책하고 친해지기도 전에 도망가게 생겨부렀어!"

"암만!"

"이렇게 책하고는 점점 멀어지는 시상 아녀? 책을 본다고 하는 사람들도 대부분 더 싼 온라인 서점에서 사거나 전자책을 보고 오디오북을 듣는 시대인디, 거꾸로 사는 사람들이 있다는구만!"
"뭐시여, 거꾸로 산다고라?"

"잉, 전주의 거시기 책방지기는 팔고 싶은 책을 쫙 깔아놓고선, 사람들 오라고 춤도 추고 그런디야!"
"걱정이 돼서 하는 소린디, 책 팔아서 생활이 될랑가?"

"그라게 말여, 그렇담 우리가 소리라도 한 자락 신명 나게 내질러볼까?"
"거, 좋지! 동네 사람들아, 책 좀 사 보소~."

1장

이야기는 시작됐다

어쩌다 책방 주인

똑 부러지는 것과는 거리가 먼 아이였다. 놀리는 남자아이들에게 말 한 번 시원하게 뱉지 못하고 입 안에서 웅얼거리다가 뒤돌아서서 후회하는 아이.

초등학교에 들어가서도 학교는 멀고 재미없는 곳이었다. 특히 초등학교 2학년 오후반 시절. 집에서 오전 시간을 보내고 이른 점심을 먹고 나서야 학교에 가던 때가 기억난다.

학교는 작고 학생들은 많으니 오전반, 오후반으로 등교가 나뉘었다. 학교를 마치고 나면 늦은 오후라, 집 근처에 다다를 때면 하늘은 노을로 붉게 물든 채 나를 기다리고 있었다. 학교에서는 존재감이 거의 없이, 있어도 없어도 남들이 잘 모르던 그 아이는 멍하니 하늘을 보며 어디론가 훌쩍 사라져 버리고 싶다는 생각을 하기도 했다.

그나마 학교생활에 의욕이 생긴 계기는 바로 '일기 쓰기'였다. 글씨를 또박또박 잘 썼고 글을 만드는 재주도 있었다. 지금도 남아 있는 초등학교 시절의 일기장을 보면 모든 줄이 글로 가득 채워져 있다. 그 일기의 끝에 선생님은 정성스러운 명조체로 서너 줄가량의 감상을 남기시곤 했다. 나는 선생님이 써주시는 글이 너무 좋아서 일기 쓰기에 더 심혈을 기울였다.

그러나 날마다 쳇바퀴 도는 듯한 학교생활은 참신한 일깃거리를 주지 못했고, 나는 일기를 더 잘 쓰고 싶은 마음에 책을 찾았다. 특별한 이벤트가 없던 나날에 책 이야기는 아주 좋은 일기 소재가 되었다. 나의 생활을 굳이 보여주지 않으면서도 일기장의 줄을 다 채울 수 있고 선생님께 칭찬도 받을 수 있었기 때문이다.

집에는 책이 부족해서 학교 교실에 꽂힌 책들을 읽기 시작했고 주말엔 빌려 오기도 했다. 비록 그 시절에 읽은 책의 대부분이 공산당을 비판하는 동화랄지 《이솝 우화》 수준이었지만 책은 최고의 일깃거리였다. 나중엔 더 다양한 책이 고파서, 책이 가득한 친구네 집에 찾아가 읽기도 했다.

그 시절에는 출판사 외판원들이 집집마다 돌아다니며 책을 팔았고, 전집으로 구매하는 일이 흔했다. 책을 한번 사려면 월급 이상의 목돈이 들어갔기에 1년 이상을 할부로 내야 했다.

친구 집에만 가면 부러웠던 세계명작전집과 한국전래 동화전집이 우리 집에 들어온 시기는 동생들이 초등학교에 들어갈 무렵이다. 바로 아래 동생이 나보다 더 책을 좋아해서 부모님이 큰맘 먹고 사주신 것이다.

뒹굴뒹굴하며 읽기만 해도 몇 달은 걸릴 책들로 채워진 집에서 나는 행복했다. 학교가 끝나면 오늘은 어떤 책을 읽을까 두근거리며 집으로 돌아오곤 했다.

당시 나는 책을 읽으며 그 전부를 내 것으로 만들겠다고 마음먹었다. 책등의 글자체, 제목의 글씨, 표지의 그림부터 내용은 물론 내지의 그림, 그리고 마지막 인지가 붙고 가격이 매겨진 곳까지 샅샅이 훑어보았다. 책의 모든 것이 좋았다.

가끔 아버지의 오래된 책에서 어린 시절 내가 남긴 낙서를 발견하고는 웃는다. 어린아이가 볼 만한 책이 아닌데 펼쳐 들고서 책 냄새라도 맡았는지, 책의 한구석에 몰래몰래 그림을 그려놓거나 글자를 써놓았다. 읽지는 못해도 책장 넘기는 일을 좋아했다.

초등학교 6학년 때쯤엔《캔디 캔디》와《빨간 머리 앤》을 아예 머리맡에 두고 잔 뒤 아침에 일어나자마자 읽고 또 읽었다. 홈스와 뤼팽 시리즈를 보고 나서는 '탐정'이라는 희망 직업도 생겼다. 비록 중학교 때는 하이틴 로맨스 소설과 순정만화에 푹 빠져서 매일 한두 권씩 읽어대느라 교과서를 읽을 시간이 모자라는 부작용을 낳았지만.

책을 읽어나가며 나는 조금씩 변했다. 말수가 늘었고, 친구들 사이에서 우스갯소리를 툭툭 잘 던지는 아이가 되었다. 글짓기 잘한다는 소리를 들었고, 반 대표로 대회에 나가 작은 상이라도 타 오기 시작했으며, 시를 쓰면 선생님께 칭찬을 받았다. 학교에 다니기 싫어서 조용히 사라지고 싶다던 아이는 학교에 가서 친구들을 웃길 생각에 신이 난 아이로 바뀌었다.

그 뒤로 책은 항상 내 곁에 있었다. 고 3 때 독서실에서 수능시험을 몇 주 앞두고 읽었던 안정효의 소설 《헐리우드 키드의 생애》가 생각난다. 책에서 언급한 옛 영화들을 시험이 끝나면 꼭 보리라 다짐하며, 영어 단어를 하나라도 더 외워야 할 시기에 전설적인 영화감독과 배우들의 이름에 밑줄을 쳤으니, 수능 점수야 말해 무엇 하리.

스무 살 이후에는 마음이 꼬일 때마다 혼자 서점에 갔다. 책을 보고 있노라면 어느새 마음에 평화가 찾아들고 다시 주먹을 불끈 쥐게 하는 힘이 충전됐다.

이렇게 떠올려보니 책방지기가 된 것은 갑작스러운 일은 아닌 듯하다. 물론 그저 책이 좋아서 책방지기가 되었다고는 말하지 못하겠으나 그 어느 곳이든 책이 있는 공간을 사랑했다는 것엔 의미를 두고 싶다. 이제는 원 없이 책 냄새를 맡는다. 매일 맡아도 지겹지 않으니 다행은 다행인 건가.

오래전부터 차곡차곡 쌓아온 어떤 것이
'어쩌다'가 되는 건 아닐까

덜 익은 시작

'책방을 정말 해도 될까?'라는 생각이 자라고 자라서 공간을 얻고 이름을 짓기까지는 약 3~4년의 숙성 기간이 필요했다. 전국의 책방들을 돌아다니고 서점 관련 에세이도 여러 권 살폈다. 나름 신중하게 접근하고자 소상공인 선배들도 만나보았다. 그럼에도 시행착오 전문가인지라 엉뚱한 곳에 책방을 계약했다가 가계약금을 날려먹는 사고를 친 다음에야 제대로 된 가게를 계약할 수 있었다.

다음은 책방 이름 정하기. 내가 처음에 꽂힌 이름은 사실 '연금술사'였다. 언어의 연금술사가 되고 싶은 카피라이터의 책방으로 차별화하면 어떨까 싶었다. 친구들은 이미 오래된 책의 제목이라며 반대했다. 내가 '유쾌한 연금술사'는 어떤지 다시 묻고 또 다른 이름들을 중구난방으로 쏟아내니, 친구 하나가 말했다.

"숙성을 좀 시켜봐."

나는 "뭔 김치니? 숙성시키게?"라고 농담으로 받았지만, 그 덕분에 '잘 익은'이라는 표현이 떠올랐다. 사람이든 음식이든 잘 익어야 제맛인 것처럼, 책 역시도 작가가 오랜 시간 붙들고 있다가 내놓은 가장 잘 익힌 문장들이 들어 있을 테니. 이렇게 '잘 익은'이란 단어를 고민하던 중 한 권의 책에서 책방의 이름을 건져 올렸다.

이기주 작가의 《언어의 온도》를 읽는데 "위로의 표현은 잘 익은 언어를 적정한 온도로 전달할 때 효능을 발휘한다"라는 문장이 눈에 띄었다. '잘 익은 언어들'이 탄생하는 순간이었다. 위로와 공감의 책방으로 말이다. 아주 가끔은 '잘 익은 연어들'로 오해받기도 했으나 지금은 누구나 아껴주는 이름이 되었다.

이렇게 '잘 익은 언어들'의 문을 열었지만, 장사는 완전 초짜에 숫자 개념 없는 '덜 익은 책방지기'는 앞으로 일어

날 많은 일을 전혀 예상하지 못했다. 오픈 날만큼은 참으로 모든 것이 좋았더랬지.

2017년 10월, 책방 오픈식을 준비하던 이른 아침부터 핸드폰으로 메시지를 하나 받았다. 한 젊은 친구가 책방을 위한 깜짝 선물이라며 동네 입구에 현수막을 달고 사진과 문자를 보내온 것이다.

사진 속 싱그러운 연두색 현수막에서 다음과 같이 외치는 소리가 들리는 듯했다.

"사람들아, 책 좀 사 보소!"

그 문장 아래에는 "동네책방 오픈, ○○농협 뒤 잘 익은 언어들"이라고 쓰여 있었다. 얼른 현장으로 달려가 실물 현수막을 보니 고마운 응원에 어깨가 으쓱 올라가고 눈시울이 살짝 붉어졌다.

마음을 가라앉히고 책방으로 향하는데, 이번엔 책방 문이 활짝 열려 있는 게 아닌가. 전날 책방 안에 들여놓았던 국화꽃 화분들도 물기를 머금은 채 가지런히 나와 있었다.

'누구지?'

두리번거리며 책방에 들어서니 이미 꽃바구니와 음식들이 테이블 위에 예쁘게 놓여 있었다. 잠시 후 한구석에서 친구 S가 "왔냐?" 하면서 고개를 내밀었다. 오픈 전날에도 저녁 늦게까지 함께 책방을 정리해 준 친구다.

"야, 너 뭐야⋯ 아침부터 사람 감동받게."

"너 혼자 바동거리는 것 같아서 내가 좀 일찍 왔다. 감동받았냐?"

"오픈 날부터 울리고 난리야!"

이래저래 콧날이 시큰해진 오픈 날이었다. 대전과 서울에서도 지인과 친구들이 찾아왔고, 그들의 뜨거운 우정을 선물로 받으며 힘차게 책방 문을 열었다. 사람들의 발길이 종일 이어졌다. 그날 가장 많이 받은 메시지는 "오래오래 즐겁게 버티길 바란다"였다.

동네책방이 점차 생겨나던 시기였지만 책방 운영은 일종의 모험이었다. 모두가 온라인 서점에서 할인받아 책을 사는 게 일상인지라 동네 뒷골목에 자리한 작은 서점의 운명은 아무도 알 수 없었다. 그래서 사람들의 응원을 받으면서도 가슴 한편으로는 불안한 마음이 들었다.

그날 오후, 잠시 밖에 나와 한숨 돌리고 있는데 한 통의 문자가 왔다. 축하해 주러 온 C 언니가 내 마음을 읽은 듯 보내준 문자였다.

"걱정 마, 잘될 거야."

문자를 받고 언니를 찾아보니 책방 안에서 나를 보며 손을 흔들어준다. 나도 손을 흔들었다. 우리는 멀리 떨어져 있었지만 그 어느 때보다도 크게 마음의 소리를 나누었다.

'언니, 나 잘할 수 있겠지?'

'그럼, 잘될 거라니까! 이렇게 도와주는 손들이 많은데, 어떻게 안 될 수가 있겠어. 그러니 힘내!'

힘을 내야 했다. 불안한 마음은 잠시 접어둔 채 좋은 생각만 가지고 시작하기로 했다.

2017년 10월 14일, 토요일 오후의 가을 하늘은 모처럼 그렇게 잘 익어가고 있었다.

오늘 행복했다면 그것으로 충분해
내일은 내일 행복할 일을 찾아서

열두 평 아담한 공간에서의 시작

버티는 것도 능력이다

'오픈발'이었다. 문을 연 후 두세 달은 호기심에 책을 사는 손님들이나 지인들의 방문이 이어졌는데, 본격적인 겨울로 접어들자 한파가 책방 안으로 밀어닥쳤다.

오픈 시간인 아침 10시부터 마감하는 저녁 6시까지 책방의 출입문을 여는 건 택배 기사님과 일곱 살 아들뿐이었다. 어쩌다 손님이 들어오기라도 하면, 반갑지만 어찌할 줄 모르는 주인과 어색해서 어찌할 줄 모르는 손님이 멋쩍은 미소만 나누다가 헤어지기도 했다.

장사가 처음인 나는 모든 게 어색했다. 손님들 역시 생각지 못한 동네 뒷골목에 생긴 특이한 이름의 이곳이 과연 서점인지, 아니면 책을 빌려주는 곳인지 도통 알 수 없었다고 한다.

결국 나는 빨간색 입간판에 큰 글씨로 "책 팝니다! 이곳은 작은 서점입니다"라고 써놓았다. 그리고 손님이 들어오면 자리에서 벌떡 일어나 날씨 얘기를 던지거나 시답잖은 대화를 시도하기도 하며 어색함을 물리쳤다.

그러다 어느 책방지기의 인터뷰에서 본 조언이 생각났다. "책방을 열기 전에 가장 먼저 준비해야 할 것은 무엇인가?"라는 질문에 그 책방지기는 "마음의 준비"라고 답했다. 여기서 마음의 준비란 '손님이 없어도 즐길 수 있는 마음, 손님이 오지 않아도 버틸 수 있는 여유, 손님이 뜸해도 실망하지 않는 마음'을 의미했다.

당장 포스트잇 한 장을 떼어 '마음의 준비'라고 큼직하게 써서 책상 위에 붙여두었다. 언젠간 이곳에 손님들이 가득할 날이 있겠지, 나 역시 더 단단하게 버티는 연습을 하자고 마음먹으면서.

어느 날, 책방 건너편에 생긴 붕어빵 포장마차에서 붕어

오지 않는 손님들을 기다리며

빵을 사들고 온 아들이 하는 말.

"엄마, 붕어빵 가게에는 손님이 줄을 섰더라. 바구니에 돈도 진짜 많이 들어 있던데. 엄마도 책 말고 붕어빵을 팔면 안 돼?"

책방에서는 현금 구경을 거의 못 했던 아들이 붕어빵 가게 바구니의 수북한 지폐에 놀랐나 보다. 잠시 붕어빵 가게와 동네책방의 연합 마케팅 작전을 펼쳐볼까 하는 아이디어가 머릿속에서 나왔다가 사라졌다.

붕어빵이나 먹자며 내가 좋아하는 꼬리부터 잘근잘근 씹었다. 붕어빵은 따뜻하고 맛있었다. 책도 이렇게 따뜻하고 맛있게 팔 수는 없는 것일까. 서가에 놓여 있는 책들이 유독 추워 보였다.

나까지 기분이 처지는 것 같아 더 이상 안 되겠다 싶어서, 신나는 노래라도 듣자며 스피커의 볼륨을 높였다. 뒷골목인지라 지나가는 사람도 별로 없겠다, 운동 삼아 음악에 맞추어 몸을 흔들었다. 어깨는 덩실덩실, 엉덩이는 실룩실룩, 기다란 팔은 휘적휘적. 나는 책방 안을 빙글빙글 돌았다. 막상 몸을 움직이니 기분이 좋아졌다.

아들은 어이없어 하더니 내가 춤추는 모습을 핸드폰으로 찍었다. 나는 더 오버해서 아들에게 손가락 총까지 쏘아대며 춤을 추었다. 못 추는 춤이라도 한껏 추고 나니 썰렁했던 책방 안이 후끈해졌다. 추워 보였던 책들도 깔깔거리며 온기를 되찾은 것만 같았다.

그래 별거 없어, 일단 버텨야지 어떻게 해. 대신 이곳에서 즐기지 뭐! 이런 공간을 갖기 위해 얼마나 애썼는데, 손님이 없다고 쓸쓸하게 놔두면 안 되지.

"자, 아들, 너도 엄마처럼 춤을 춰보지 않을래?"

"됐거든!"

쌀쌀맞은 일곱 살의 대답이 돌아왔지만 나는 춤을 멈추지 않았다. 춤 동영상을 당당하게 SNS에 올리며 "손님이 없으니 춤이라도 춰봅니다. 언젠간 오겠죠, 손님", 이렇게 쓰고 "(쥔장 미친 것은 아님)"이라고 덧붙였다.

'웃겨요' 표시가 꽤 많이 달렸고, '잘 익은 언어들'은 웃기는 주인이 하는 살짝 웃기는 책방이 되었다. 그리고 다음 날은 오죽하면 춤까지 추며 책방 손님을 기다렸겠냐는 이유로, 그렇게 기다리던 손님이, 손님들이, 오셨다. 만세!

춤이라도 추길 잘했어.

춤을 추고 싶을 때는 춤을 춰요
눈치코치 보지 말고 그냥 춰요

지원 없는 지원 사업

　책방을 하면서 '지원 사업'의 존재를 처음 알았다. 지원 사업은 다양한 공간에서 문화행사를 진행할 수 있도록 관련 단체들이 도와주는 프로젝트를 의미한다. 지원 사업의 주최는 지역문화진흥원, 각 지자체 문화재단, 한국출판문화산업진흥원 그리고 문체부 등이다. 주최 측은 적게는 3백만 원부터 많게는 1천만 원 이상까지, 지역 서점들이 문화행사를 기획하고 진행할 수 있도록 매해 다채로운 지원 프로젝트를 선보였다.

　다른 서점들이 작가 북토크를 진행할 때 강사비는 어떻게 마련하는지 궁금했는데, 거의 다 지원 사업을 통하거나 그렇지 않으면 유료로 진행하고 있었다.

초짜 책방지기인 나는 만나고 싶은 작가들이 많았다. 경험이라도 쌓고자 2019년 처음으로 문화 관련 기관에서 지원하는 사업에 기획안을 써냈다. 비록 작은 책방이지만 작가 행사 외에도 지역 예술가들과 함께하는 활동 등 재미난 기획들을 제안서 안에 써넣었다.

그런데 예산안을 짜면서 의아했다. 강사에게 주는 비용과 물품비, 간식비 등은 있었지만 그 어디에도 책방지기의 몫은 보이지 않았다. 모든 행사의 기획안을 만들고, 강사를 섭외하고, 당일엔 하루 종일 종종거리는 책방지기에겐 아무런 보상이 없었던 것이다.

동네 주민들을 위한 문화의 장을 열었다면 대관료라도 있어야 할 텐데…. 기획료는커녕 대관료마저 빠진 예산안을 보면서 지원 사업에 대한 회의감이 들었다. 물론 행사를 통해 책방 홍보나 책 판매가 이뤄질 수도 있겠지만, 최소한 책방지기의 인건비 정도는 마련되었어야 하지 않을까.

이렇게 불리한 조건에서도 많은 책방들이 지원서를 넣

었고, 나 역시 책방에 활력을 불어넣고자 잠시 물음표를 접고 지원서를 넣었다.

그러나 이어서 어안이 벙벙해지는 일이 발생했다. 1차 서류 심사에 붙은 후 2차 면접을 보러 ○월 ○일 오후 2시까지 서울로 오라는 것이다. 단 5분의 발표를 위해. 책방을 위한 지원 사업에 책방 당사자의 의견은 0.1퍼센트도 반영되지 않은 상명 하달식 통보가 불쾌감을 안겨주었다. 전주에서 서울까지 올라가는 일이 만만치 않아서 전화로 따져봤지만 어쩔 수 없다는 답변.

"차비도 정해지지 않았고 지방에선 하루 문을 닫고 가야하는데, 그것에 대한 손해는요?"

나의 질문에 젊은 담당자는 최선을 다해 친절히 답변했다. 최대한 '거마비' 명목으로 예산을 마련해 보고자 애쓰고 있다, 이렇게 면접을 보시라고 해서 정말 죄송하지만 여러 명의 심사위원이 서울에 다 계셔서 어쩔 수 없다는 이야기.

담당자의 친절한 설명에도 불구하고 서운한 마음이 가시지 않았다. 지원 사업의 역사가 짧다 보니 보완해 가는 과정에서 불거진 문제일 수도 있지만, 원래 취지를 한 번만 더 생각했다면 충분히 해결 방법이 있었을 텐데. 나 역시 더는 저항하지 못한 채 책방 문을 닫고 오후 2시까지 면접을 보러 서울로 올라갔다.

다행히 결과는 좋아서 매달 풍성하게 행사를 진행할 수 있었다. 다만 연말에 제출할 정산 서류를 준비하면서는 처음 해보는 업무에 책방 일이 마비될 정도였다.

그럼에도 열정과 의욕이 충만한 나머지 또 다른 문화 지원 사업에까지 기획안을 넣어, 문화행사를 이어갔다. 그러다 보니 2019년에는 책방에서 매달 한두 건 이상의 행사를 진행했고, 함께한 작가와 문화예술가만 해도 스무 명이 넘었다. 다들 지원 사업에서 책정한 강사비로 모시기엔 죄송한 분들이었지만 말이다.

어쨌든 지원 사업을 진행하면서 책방도 얼마든지 문화 공간이 될 수 있다는 사실을 알았다. 그러나 지원 사업에서 말하는 지원은 강사나 지역 주민을 위한 것일 뿐, 정작 책방은 그 대상에서 빠져 있어 아쉬웠다. 물론 지금은 몇몇 기관에서 이런 현실을 반영하여 조금씩 바뀌는 모습도 보이지만, 여전히 대부분의 책방들은 수고비조차 제대로 책정되지 않은 문화행사를 진행하고 있다.

바뀔 것은 바뀌어야 한다. 책방은 봉사 기관이 아니고 책방지기도 자원봉사자가 아니다. 물론 책방이 책만 팔아서 먹고살 수 있는 환경이라면 이런 문화행사의 비중을 줄이면 된다. 그러나 현재로서는 책방을 알리고 새로운 손님들을 만나는 자리를 위해 문화행사가 필요한 것도 사실이다.

말로만 '동네책방 활성화'를 부르짖지 말고 지원 사업의 출발점부터 바로잡아야 비로소 진정한 '지원'이라고 할 수 있지 않을까.

진정한 도움은 크기와 양이 아니라
필요할 때 필요한 것을 알아차리는 일

작지만 큰 시간들

전주 홍보대사이자 대한민국 1세대 비보이그룹인 '라스트포원' 멤버들을 책방 문화행사에 초대한 적이 있다. 해마다 전주에서는 전국의 비보이들이 다 모여 배틀을 펼치는 전주비보이그랑프리 대회가 열린다. 한때 그 대회의 홍보 일에 참여하여 라스트포원과 안면을 튼 게 인연이 되었다.

문화행사의 타이틀은 '피, 땀, 눈물이 새겨진 비보잉 이야기'로, 비좁은 책방임을 감안해 비보잉 댄스 공연보다 그동안의 춤 이야기를 들어보는 쪽으로 진행했다. 하필 행사 당일, 비가 너무 세차게 내렸다. 사람들의 발길이 줄어들까 초조했는데 의자가 모자랄 정도로 많은 이들이 모였다.

늘 화려한 조명과 쩌렁쩌렁 울리는 힙합 음악이 있는 곳에서 현란한 비보잉 댄스를 선보이며 박수를 받았을 라스트포원 멤버들. 자신들이 이처럼 작은 책방에 동그랗게 둘러앉아 '네임펜'을 마이크 삼아 이야기할 줄은 미처 몰랐을 것이다.

마치 토크쇼처럼 인터뷰 형식으로 진행된 이날 행사에서는 초등학생, 어른 할 것 없이 참석자 모두 눈을 동그랗게 뜨고 라스트포원의 어린 시절부터 최고의 춤꾼이 되기까지의 이야기를 경청했다. 한 멤버가 춤을 반대하던 부모님께 꼭 1등 춤꾼이 되겠다고 선언한 후, 라스트포원의 이름으로 세계 비보이대회에서 1등을 수상했다는 대목에 이르러서는 박수 세례가 이어졌다.

책방 안은 어느새 라스트포원의 팬미팅 현장처럼 후끈 달아올랐다. 열두 평의 좁은 공간이었지만 멤버들은 짝을 이뤄 비보잉 댄스를 선보이기 시작했고, 손님들은 자리에서 일어나 손뼉을 치며 화답했다.

(위) 라스트포원의 비보잉 댄스와 이야기 선물
(아래) 은유 작가(왼쪽)와 함께

어떤 조명도, 갖춰진 무대도 없었건만 책방 안에서의 이 시간은 모두에게 '흔히 만날 수 없는 감동'을 선물했다. 멤버 수에 비해 너무나 약소한 강사비에 얼굴이 화끈거릴 지경이었지만, 라스트포원 멤버들은 초심으로 돌아갈 수 있어 좋았다며 고마워했다. 손님들 역시 행복한 시간을 보냈다며 라스트포원의 진정한 팬이 되었노라 전했다. 그 누구보다 가슴 졸였던 나야말로 안도의 한숨을 내쉬며 스스로를 위로했다.

한번은 은유 작가님의 《다가오는 말들》이라는 책이 나오고 얼마 되지 않아서 북토크를 진행한 적이 있다. 많은 팬을 보유한 은유 작가님 덕분에 책방 안은 참석자들로 가득 찼다. 코로나19를 겪고 있는 현재로서는 생각지도 못할 장면이다.

북토크를 시작하기 전 음악이라도 곁들이면 좋을 것 같아서 책방 손님으로 알게 된 J 씨를 오프닝에 초대했다. 책방 건너편에 사는 J 씨는 우쿨렐레로 자작곡까지 만드는 젊은 친구다. 음악을 전공하진 않았지만 책방에서 멋진 실력을 보여준 적이 있어서 부탁했고, 흔쾌히 오프닝을 맡아 주었다.

J 씨는 첫 무대인지라 긴장해서 약간의 음 이탈이 있었지만, 모두가 뜨거운 박수로 응원을 보내며 행복해했다. 게다가 J 씨는 은유 작가님의 제안으로 그날 사회자 역할까지 겸해주었다.

이렇듯 동네책방에서 진행하는 행사에는 '완벽하지 못함'에서 오는 인간적인 매력이 있다. 물론 이것은 완벽함과는 거리가 먼 내 주관적인 생각이지만 말이다. 과연 손님들의 속마음은 어떨까. 부디 나와 크게 다르지 않았으면 하는 바람이다.

비좁은 책방 안의 딱딱한 의자에 앉아 강연을 들어야 하고, 때론 바짝 붙어 있는 옆 사람이 불편하게 느껴질 수도 있을 것이다. 추운 날은 춥고, 더운 날은 더울 수도 있다. 하지만 책방에 오는 손님들은 그런 불편함을 감수하면서도 사람 냄새 나는 이곳을 좋아한 게 아니었을까.

코로나19로 인한 사회적 거리두기 시대, 가까이에서 눈빛을 교환하던 책방 안의 그 시간들이 문득 그립다.

화려하고 폼 나는 공간은 많지만
우리가 함께한 공간은 바로 여기니까

결국 사람이 남는다

열정 어린 마음과 달리 몸이 지쳐갈 무렵 코로나19가 찾아왔고, 나의 열정도 잠시 발이 묶였다. 코로나19가 강제로 마련해 준 '쉼'은 나와 내 가족, 그리고 책방을 다시 바라보는 계기가 되었다. 책방을 하면서 무엇을 얻고 무엇을 잃었는지 생각해 본다.

'통장은 잃었으나 사람은 얻었다.'

이 반대가 더 좋다는 사람, 손! 물론 통장도 얻고 사람도 얻는 삶이 가장 바람직하겠지만, 그래도 보배 같은 우리 손님들의 얼굴만 떠올려도 며칠 배부른 것이 책방 하면서 얻은 가장 큰 수확이 아니려나.

나는 '지원 없는 지원 사업'이라 구시렁거리면서도 문화 행사 하나 정도는 하고 있어야 마음이 편한 책방지기다. 그래서 2020년에도 지역 기관과 함께 '치유의 책방'이라 는 주제로 몇 건의 문화행사를 진행했다.

그중 '코로나시대 처방 대 처방'이라는 행사가 기억에 남는다. 본래 전주MBC 라디오의 〈두시N놀자〉라는 프로 그램에서 진행하던 코너로, 청취자의 고민을 듣고 시와 음 악으로 처방을 해주는 방식이었다. 아쉽게 그 코너는 사라 졌지만 덕분에 처방을 해주던 두 주인공을 우리 책방에 모 실 수 있었다.

시도 쓰고 그림도 그리며 대학에서 인문학을 가르치는 김정배 교수님이 시 처방을, 우쿨렐레 연주자로 활동 중인 김경중 강사님이 음악 처방을 담당했다. 책방에서는 미리 신청한 손님들에게 따로 사연을 받았다.

이날은 전주MBC 라디오에서 해당 프로그램을 진행했 던 이충훈 아나운서가 책방까지 찾아와 직접 사회를 봐주 는 경사가 겹쳤다. 두 주인공과의 인연으로 함께해 준 것 이다. 이충훈 아나운서의 매끄러운 진행으로 책방 손님들은 더없이 유쾌하고 행복한 시간을 보냈다.

특히 이날이 더 기억에 남는 이유는 세 명의 주인공이 행사 시작 2시간 전부터 미리 와서 직접 의자를 깔고 마이크를 점검하는 등, 나와 같이 행사를 준비해 주었기 때문이다.

보통은 행사 몇 시간 전에 미리 세팅을 해두는 편이라 이날도 어느 정도는 준비가 되어 있었지만, 그들의 손길이 닿자 이 작은 책방은 더욱 특별하고 아늑한 스튜디오로 바뀌었다. 행사가 끝난 후에도 모든 가구를 원래 위치로 가져다 두는 등 책방 안을 손 빠르게 정리해 주었다. 그 덕분에 나는 다음 날 훨씬 수월하게 일상으로 복귀할 수 있었다.

아무것도 바라지 않고 기꺼이 동참하여 작은 책방의 온도를 높여준 그들에게 내가 대접할 수 있는 것이라곤 겨우 저녁 한 끼뿐. 비록 물질적으로는 남는 게 없는 행사일지라도 이렇듯 나는 경험을 얻고, 관계를 얻고, 결국 '사람'을 얻음으로써 마음 부자가 되었다.

요즘엔 지원 사업 없이 '자립'할 수 있는 방법에 대해 고민 중이다. 이런 생각을 지역의 친구들과 나누다 보니 비슷한 고민을 하는 이들이 적지 않음을 알게 되었다. 여전히 해결해야 할 문제는 많지만, 혼자가 아닌 여럿이 함께 공부하고 헤쳐나가다 보면 조그마한 단서라도 찾는 날이 오겠지.

무엇이 됐든, 일단 머리를 맞대고 시도해 보는 것. 실패하면 어떠랴. 다시 하면 되지. 책방도 나도 시행착오를 겪더라도 계속 성장하는 것을 목표로 조금씩, 천천히 가야겠다. 나에겐 사람이 있다.

과정이 아름다웠던 시간들은
두고두고 기억에 남아 버티는 힘이 된다

이충훈 아나운서, 김정배 교수, 김경중 연주자(가운데 왼쪽부터)

광고쟁이의 책방

"책방을 열기 전에 무슨 일을 하셨나요?"

이 같은 질문에 "광고 카피라이터로 일했어요. 지금도 하고 있고요"라고 대답하면, 나를 향한 눈동자들이 약 2밀리미터는 커진다. 그러나 그들은 나의 애처로운 눈빛은 보지 못하는 것 같다. 제발 하지 말아줬으면 싶은 질문이 이어지기 때문이다.

"어떤 카피를 쓰셨나요?"

참 이상도 하다. 이 질문을 1백 명한테 1백 번은 받은 것 같은데, 경우에 따라 대답을 회피할 때도 있고 어느 날은 나도 모르게 주절주절 그동안 썼던 카피들을 말하기도 한다.

　나이대가 비슷한 사람들 중엔 "아, 그 광고 알아요!"라고 반응하는 경우도 있지만, 젊은 친구들은 대부분 "아, 들어본 건 같은데…" 하면서 나를 위해 굳이 기억해 내려 애쓴다.

　'카피라이터'라는 직함 정도 내밀려면 좀 굵직한 광고주의 유명한 캠페인 몇 개는 줄줄 나와줘야 하는데, 실제로는 나처럼 그렇지 못한 카피라이터들이 더 많다. 하지만 나의 가늘고 긴 카피라이터 인생 20여 년을 책임져 준 여러 노트북과 파일 속의 카피들이 내게는 그 어떤 유명한 문장보다도 소중하다. 그 카피들 덕분에 지금까지 살아왔고 우리 아이들도 키우고 있으니까. (암만!)

　고등학교 시절, 우연히 신문에서 본 카피라이터 구인 광고 하나 때문에 카피라이터라는 직업의 매력에 빠져들었다. 그 광고 문구는 대충 이런 거였다.

　"반짝이는 아이디어를 위해 까만 밤을 하얗게 물들일 사람을 찾습니다."

　그때는 그 문구 자체가 나에게 반짝반짝 빛나는 별세계

였다. 멋진 광고 한 편을 만들 수 있다면 얼마든지 밤을 샐수 있어! 밤새도록 재미난 아이디어를 낸다니…. 아, 이 얼마나 낭만적인 직업이란 말인가(밤샘이라는 노동의 강도가 얼마나 센지 몰랐으니 하는 소리다).

당시는 카피라이터라는 직업이 드라마나 영화에서 가끔 등장하기 시작하던 때였다. 특히 여성 카피라이터는 당당한 커리어우먼의 상징인 양 멋진 모습으로 그려졌다(역시 방송은 믿을 게 못 돼).

아무튼 그 이후 대학도 광고 전공으로 가고 싶었지만 수능시험을 망쳐서 원하는 대학에 갈 수 없었다. 그럼에도 광고회사는 경험하고 싶었다. 국문과 전공자였던 나는 도서관에서 광고 관련 서적과 마케팅 잡지를 탐독하고 경영학과에서 '소비자행동론' 수업을 듣는 등, 나름 열심히 공부했다. 비록 영어로 진행하는 수업이어서 거의 알아듣지는 못했지만.

대학 재학 중에 각종 광고 공모전에 도전하는 한편 전주의 광고회사에서 아르바이트를 시작하면서 개인적으로 명함도 하나 준비했다.

카피가 필요할 땐 연락하세요

카피라이터가 꿈인 이지선

012-000-0000 (삐삐)

아무도 '카피라이터'라고 불러주지 않던 그 시절부터 혼자서 당찬 꿈을 이어온 아이. 지금의 내가 그런 대학생을 만난다면 맛있는 밥 한 끼 사주고 싶다. 물론 '뼈 때리는' 조언도 해주고 말이지.

어쨌거나 물불 가리지 않고 덤비는 무모함 내지 용기는 타고난 것인지, 나는 용케 카피라이터가 되어 지금껏 밥벌이를 하고 있다. 카피라이터 생활 역시 글로 써도 책 한 권이 될 만큼 우여곡절이 많았지만 여태껏 잘 버텨준 나에게 고맙다고 전한다.

여전히 '크리에이티브(Creative)'라는 단어를 들으면 마음이 설레고 머리가 말랑해진다. 하지만 카피라이터로 살면서 늘 행복했던 것은 아니다. 책상 앞에 "어제의 나와도 달라야 한다"라는 문구를 붙여놓고 '다름'이란 강박에 붙잡혀 일도, 사랑도, 삶도 남다른 게 좋은 줄만 알았던 철부지 시절도 있었다.

지금은 안다, 평범하게 사는 일상을 지켜내는 일이 얼마나 어렵고 소중한지.

물론 까만 밤을 하얗게 태우고서 얻은 멋진 결과는 그일을 반복할 힘을 주었지만, 이상한 광고주를 만나 이상한 광고를 제작해야 할 때는 깊은 '빡침'도 느꼈다. '자본주의'의 순리대로 만들어지는 광고는 때로 광고인들의 아이디어보다 광고주의 입맛에 맞춰야 했기 때문이다.

우리가 기억하는 멋진 광고들은 멋진 광고주가 그 반을 만들었다고 해도 과언이 아니다. 철학이 약한 광고주를 만나면 그만큼 카피라이터들의 스트레스는 컸다. 그래서 어쩌면 많은 카피라이터들이 '스스로가 원하는 글'을 쓰기 위해 에세이 작가로 독립하거나 책방을 하면서 다양한 활동을 하는지 모르겠다.

늘 광고주의 '컨펌'에 길들여진 일상을 살다가 책방을 운영하면서는 무엇을 하든 결정권자가 나라는 사실이 신기했고, 그래서 신이 났다.

보고를 하지 않아도 되는 일들, 내가 기획하고 그냥 저지르는 일들, 실수를 하든 실패를 하든 다 내 책임인 것들. 알고 보면 어깨가 무겁고 결과가 두려운 일들임에도, 항상 '컨펌을 기다리는 일'에 지쳐 있던 나는 바로 숏을 날릴 수 있는 기회들이 좋았나 보다.

어느새 책방지기가 '본캐'이고 광고쟁이는 '부캐'가 된 듯하지만, 나의 청춘을 다 바친 카피라이터의 감각은 잃고 싶지 않다. 나이가 들어도 눈빛만큼은 명료한 사람으로, 평범한 일상의 소중함을 지켜내면서도 특별한 재미를 전하는 사람으로 남고 싶다.

평범한 삶은 지루할 거라고 생각했어
하지만 삶은 식상함을 지키는 일도 버겁더라고

이 구역 미친 책방지기

책방을 시작하면서는 내 스타일대로 책 홍보 문구를 써서 곧바로 SNS에 내보내고, 행사도 알렸다. 그동안 눌러 왔던 말을 한풀이하듯 뱉어내며 즐거웠다.

'언어들이여, 너희에게 마구 날아다닐 자유를 허하노라!'

그리하여 나는 책방 사업자에게 부여된 책임감과 더불어 글뿐만 아니라 여러 면에서 표현의 자유를 즐기기로 했다. 다소 과장된 나의 이미지를 올리기도 하고, 스스로 '관종'임을 인정하며 관심받기를 원하기도 했다.

그래서일까. 보통 책방지기들이 가진 지적인 감수성

이나 진지함과는 거리가 먼 '저세상 텐션'에 사람들은 적잖이 당황스러워했다. 하지만 나는 스스로 알을 깨고 나와 새로운 세상을 얻은 것처럼 들떠 있었다. 일하느라, 육아하느라 발산하지 못했던 '나'를 자유롭게 놓아주고 싶었다.

'남에게 해를 주지 않는다면 조금 뻔뻔해져도 되지 않을까.'

나는 책에서 밑줄 그은 문장들처럼 살고 싶었고, 동경하는 롤모델처럼 세상의 기준이 아닌 내 기준에 맞춰 살고 싶었다. 눈치 보지 않고 모자라면 모자란 대로, 진지할 때는 또 진지하게 그냥 나 자신으로 말이다.

그러나 전주라는 좁은 지역사회에서는 이런 모습이 낯설었던 모양이다. 누군가가 시작한 이야기가 내 귀에도 들려왔다. '설치는 여자, 나대는 책방지기'라는 프레임.

"유행처럼 책방 문 열었다가 곧 닫겠지? 튀고 싶어서 안 달 난 것 같아."

하지만 이런 말을 들어도 나는 별로 동요하지 않았다. 이렇게 말하는 사람들은 우리 책방에 한 번도 와보지 않았거나 나를 만난 적이 없는 이들이었으니까. 결국 시간이 지나자 나다운 '설침'이 책 한 권 더 팔기 위한 몸부림임을 알아봐 주는 손님들이 생겨났다.

책방에 와서 나에게 고백하는 손님도 있었다.

"사실 만나기 전엔 조금 이상한 사람으로 생각하기도 했어요."

"괜찮아요. 그럴 수 있어요."

나는 정말 아무렇지 않았다. 책방을 하면서 세상에 작게나마 이로운 영향력을 전한다는 사명감이 생겼기 때문이다. 정말 좋은 책을 알리고 파는 일에는 '미친 척'처럼 보이더라도 진심을 다하면 되니까. 가장 중요한 건 나 스스로가 살짝 망가지는 게 즐거웠다는 사실이다.

가끔은 카피라이터 출신이라는 프로필에서 어떤 지적인 이미지를 기대하거나, 또는 '책방지기니까 요 정도 책은 읽었겠지' 하면서 지적 능력을 테스트하는 손님들도 만난다. 처음엔 나의 무식함을 들키지 않으려고 애써 아는 척하기도 했으나 곧 들통날 짓은 안 하는 게 낫다고 결론 내렸다.

겸손을 가장한 게 아닌, 모자람을 진심으로 인정하는 태도에는 사람과 사람 사이의 장벽을 무너뜨리는 힘이 있다. 언제나 배우겠다는 자세로 〈슈렉〉의 고양이처럼 눈을 반짝거리며 손님들의 이야기를 경청하다 보면 그들의 책과 인생에 흠뻑 빠지는 시간까지 덤으로 얻는다.

이 같은 태도는 경영적인 면에서 봐도 이득이 아닐까. 손님들은 '약간 덜 익은 책방지기'를 위해 '다음 방문 때는 더 많은 것을 알려줘야지'라고 뿌듯해하며 돌아가서는 다음 기회를 만들 테니 말이다.

책을 좋아하는 사람이 책방을 운영하게 되면 괴롭다는 얘기가 있다. 막상 책 읽을 시간이 턱없이 부족하기 때문이란다. 언젠가 책과사회연구소 백원근 대표님의 강연에서도 책방은 책보다 '사람'을 좋아하는 이에게 더 잘 어울린다는 말을 들은 적이 있다. 나는 책을 좋아하는 것일까, 사람을 좋아하는 것일까.

결론은? 나는 책도 좋아하고, 사람도 좋아하고, 또 먹을 것도 좋아하는 책방지기. 그래서 책을 좋아하는 사람과 책

이야기를 하면서 맛있는 것을 먹는 시간이 가장 행복하다. 이는 '잘 익은 책모임' 멤버들과 함께하는 독서 모임이 매우 소중한 이유이기도 하다.

앞으로도 나는 변함없이 설칠 예정이다. 책 한 권 더 읽히기 위해서, 책 한 권 더 팔기 위해서, 우리 책방을 더 알리기 위해서라면 나에게는 충분히 미치거나 설칠 수 있는 자유가 있다. 책방 하면서 그것마저 없다면 무슨 재미.

네, 관종이 맞습니다, 맞고요
당신을 기다리는 책들을 어찌 보고만 있겠어요

책방 손님들과 함께 익어가는 시간

제가 사장이군요?

책방 오픈을 준비하며 정수기를 설치하고 있을 때였다. 설치 기사님이 갑자기 책 정리 중이던 내 어깨를 툭 치더니 말했다.

"사장님! 제 목소리 안 들리세요? 세 번이나 불렀는데, 꿈쩍을 안 하시네! 집중력이 무진장 좋으신 건가, 이래서 책을 읽나 보다."

이렇게 얘기할 때까지 나를 부르는 줄 전혀 몰랐다. 듣지 못할 정도로 일에 집중했다기보다 "사장님!"이라는 소리가 생소했던 것이다.

"아, 제가 사장이군요. 죄송해요. 익숙지가 않다 보니."

그러면서 내가 앞으로 들어야 할 호칭이 '사장'이라는 사실을 실감했다. 책방 오픈과 동시에 놀러 온 친구들은 "오~ 이 싸장님! 멋진데?" 하면서 놀리기도 했다.

아무리 작은 책방이어도 내가 주인이면 사장이나 대표가 맞겠지만 그런 호칭은 왠지 부담스러웠다. 그래서 굳이 사람들에게 "책방지기라고 불러주세요"라고 얘기하곤 했다. 그런데 상대방은 오히려 '지기'라는 호칭이 어색한지 이내 '사장님'으로 고쳐 불렀다.

이 문제는 시간이 지나면서 자연스럽게 해결되었다. 나도 어느덧 사장이나 대표라는 호칭에 익숙해졌고, 손님들은 '지선 샘'을 비롯하여 본인들이 부르고 싶은 대로 불렀다. 선생님, 사장님, 대표님, 지기님, 지선 씨, 누님, 언니 등 다양한 호칭이 등장했으며 나는 호칭에 따라 조금씩 다른 표정으로 손님들과 마주한다.

참, 책방과 거래하는 택배 기사님은 나를 '잘 익은 책방 이모'라고 부른다. 처음에는 조금 당황스러웠으나 어찌나 친근하고 자연스러운지 나도 거기에 맞춰 기사님을 '택배 삼촌'이라 부르고 있다.

그동안 속해 있던 세상에서의 호칭은 '지 카피, 카피님, 작가님'이었다. 그리고 파트너가 있는 일을 해왔던지라 일에 대한 책임도 조금씩이나마 나눠 가질 수 있었다. 그런데 이제는 아무리 작아도 단독으로 개인 사업을 하다 보니 막중한 책임감과 주체 의식이 요구된다.

모든 것을 스스로 결정하고 운영하는 일에 자유를 느끼면서도 그 책임은 잠을 설치게 할 정도로 예민하고 무서운 것이었다. 손님이 있다가도 없는 날이면 우리 책방에 무슨 문제가 있는 건 아닌지 분석하게 됐고, 책방 행사 전날 밤이면 꿈속에서 예행연습을 하기도 했다.

그러다 문득 '내가 과연 주체가 맞긴 하는 걸까?'라는 의문이 들었다. 이유인즉슨 주체라면 말 그대로 소신과 철학을 갖고 움직여야 하는데 나의 초심이 흔들린 것이다. 책을 입고할 땐 어디서나 잘 팔리는 책보다는 꼭 팔고 싶은 책만 주문하길 바랐으나, 어느새 어울리지 않는 책들이 서가에 꽂혀 있고 출판사의 영업에 휘둘렸다.

초심을 잃게 된 데는 출판 생태계의 구조적인 문제도 한몫했다. 나는 고작 5퍼센트라는 공급률 차이에 입고 의지가 흔들렸고, 출판사의 색다른 제안에 혹해 대량 구입을 하기도 했다. 우리나라 출판 유통은 거의 전문 도매업체가 맡아왔는데, 요즘은 대형 온라인 서점까지 도매 유통에 뛰어들면서 나의 머릿속은 더 혼란스러워졌다.

아무래도 공급 조건이 더 좋은 곳을 찾아다녔고, 아무리 책이 좋아도 공급률이 높으면 손해나 다름없다 보니 가져다 둘 수 없었다. 우리나라의 혼란스러운 도서 유통망은 책방지기들이 주체로 성장하는 데 방해가 된 셈이다.

김민섭 작가의 《대리사회》에는 '대리'에 맞서는 의미로 '주체'란 단어가 나온다. 그 책을 읽으며 나를 돌아보니, 거대한 온라인 서점의 공급망 안에서 책을 입고하는 나야말로 온라인 서점의 대리는 아닐까 하는 생각이 들어 씁쓸했다.

진정한 주체가 되고 싶었다. 꼭 팔고 싶은 책들만 가져다 놓는 소신 있는 책방지기 말이다. 대형 서점이 아니기 때문에 더욱 필요한 주체성은 나의 자존심이기도 했다. 반전이라면 그 자존심이 쌓아놓은 재고를 보면 한숨이 나온다는 것이지만.

동네책방들은 가격 및 공급률 경쟁에서 대형 온라인 서점에게 현저히 밀리고 있다. 코로나19는 차치하더라도 이 같은 상태로 언제까지 버틸 수 있을지 생각하면 참으로 안타깝다. 그럼에도 이처럼 열악한 구조 속에서도 소신을 지키며 승승장구하는 책방은 분명 있다. 그 비결은 무엇일까.

일본 츠타야서점의 이야기를 써놓은 책《취향을 설계하는 곳, 츠타야》에는 "할 수 없더라도 프로젝트를 성공시키기 위해 필요한 것, 그것은 '각오'다"라는 말이 나온다. 각오가 되어 있다면 피하지도 말고, 변명하지도 말라고 한다. 각오가 있다면 도와주는 사람도 나타나고 발견의 기회도 생긴다면서.

나는 각오가 되어 있는가. 잘 익은 언어들을 지켜내고 살려내는 '진짜 주인'으로서의 각오 말이다. 아무튼 각오!

멋진 사장들에겐 공통점이 있었어
힘들어도 '소신과 철학'을 지켜낸다는 것

모든 책을 읽을 순 없지만
설명할 수는 있어야 한다

'가성비 갑'이라고 쓰여 있는 소라형 과자 한 봉지를 산다. 무언가 소리 내 씹고 싶을 때 가끔 사 먹는 과자다. 190그램에 910킬로칼로리. 기분파인지라 어마무시해 보이는 칼로리 숫자 따위는 가볍게 무시하고 와그작와그작 뇌 속에서 울리는 소리에만 집중한다. 이 소라형 과자가 떠오르는 순간은 딱히 읽고 싶지 않은 책을 조금이라도 봐야 할 때다. 과자는 일종의 준비운동인 셈이다.

처음엔 책이 얼마 안 되다 보니 거의 모든 책에 대해 후기를 쓰거나 설명하는 게 가능했다. 그러나 시간이 흐를수록 책은 쌓여가고 읽지 못한 책도 쌓여갔다. 책을 고를 때

인터넷으로 살펴본 정보는 며칠이 지나면 잊히기 일쑤였다. 그 어떤 훌륭한 서평을 읽었어도 시간이 지나면 책 제목도 가물가물해지고, 심지어 내가 이 책을 왜 가져다 놓았는지조차 잊어버릴 때가 있었다.

작은 책방에서는 잠시라도 책방지기가 책을 대하는 정성을 내려놓으면 책을 파는 일이 두려워질 수 있다. 손님들과 일대일로 대면하는 상황이 많다 보니 책에 대해 어느 정도는 파악하고 있어야 하기 때문이다.

책방 초기엔 때때로 서가에 떡하니 꽂혀 있는 책도 읽지 않아서 팔지 못한 일이 있었다. 손님이 와서 책에 대해 질문을 던질 때 차라리 솔직하게 "안 읽어서 잘 모르겠어요"라고 대답하면 됐을 텐데, 나도 모르게 긴장하다 보니 그 솔직함마저 나오질 않았다. 인터넷에서 봤음 직한 한두 줄의 서평을 떠올리며 애써 설명했지만, 말하는 나도 듣는 손님도 설득이 안 됐다.

그때 깨달았다. 읽지 못한 책은 읽지 않았다고 솔직히 말하는 편이 낫다는 것을. 또 한 가지는 내가 읽고 말할 수 있는 책이어야 자신 있게 팔 수 있다는 것도.

그렇다면 나도 모 서점처럼 읽은 책만 파는 콘셉트로 바꿔야 할지 고민도 해보았다. 하지만 좋은 신간이 나오면 호기심이 생겨 장바구니에 담는 버릇이 있는 나로서는 읽은 책만 파는 책방은 어울리지 않아 보였다. 그 대신 내가 이 책의 어떤 점이 좋아서 장바구니에 담았는지에 대해서는 기억해 두려고 애썼다.

솔직히 그 어떤 서점 담당자라 해도 모든 책을 다 읽고 설명할 수는 없을 것이다. 위에 말한 서점처럼 특별한 경우가 아니라면. 그러나 동네책방은 그 특성상 책방지기를 믿고 오는 손님들이 많다. 그래서 책방지기가 책에 대한 기본적인 설명은 무조건 할 수 있어야 한다는 게 내 생각이다. 그러기 위해 나는 '설명을 하지 못할 책이라면 들이지 말자'고 나 자신과 약속했다.

물론 쉽지 않을 것이다. 내가 입고해 놓고도 읽기 싫은 책들이 사이사이 껴 있으므로. 그럴 땐 지금처럼 소라형 과자를 와그작와그작 먹으면서 책을 본다. 도저히 안 될 땐 책 표지에 안내 메모를 써서 붙여두기로 하면서. 그래도 기억이 나지 않을 땐 환하게 웃으면서 말하자.

"기억이, 기억이 안 나요!"

무슨 정치인처럼 던지는 거짓말은 아니니 손님들도 조금은 봐주겠지.

아무튼 최소한의 설명이라도 가능한 책방지기로 살아남으려면 들여놓는 책의 양부터 좀 줄여야 한다는 것, 잊으면 안 된다.

보고 싶은 책만 보는 건 아마추어
보기 싫은 책도 볼 줄 알아야 프로

여전히 책 사러 서점에 갑니다

김포에 가면 이숙희 대표님이 운영하는 꿈틀책방이 있다. 언젠가 꿈틀책방 대표님에게 손님들이 주문한 책을 따로 두는 코너가 있다는 얘기를 들었다. 손님들 중에는 다른 사람들은 어떤 책을 볼까 궁금해하며 주문 도서 코너를 살피다가 본인도 똑같은 책을 주문하기도 한다는 것이다.

이후 우리 책방에도 주문한 도서 코너를 따로 만들었더니, 실제로 주문량이 늘어났다. '남들 따라 읽기 법칙'이라도 있는 것일까. 다른 사람들이 주문한 책을 흥미롭게 구경하다가 같은 책을 주문하기도 하고, 생각났다는 듯 비슷한 부류의 책을 주문하는 경우도 의외로 많았다.

이렇게 잘 익은 언어들이 꿈틀책방의 아이디어를 공유한 것처럼, 동네책방들 간에는 경쟁을 넘어서는 동료애가 존재한다.

2018년에는 전국 방방곡곡에서 동네책방을 가꾸는 사람들이 모여 '전국동네책방네트워크'를 만들었다. 2021년 현재 130여 개 책방들이 힘든 시절에도 잘 살아남아 보자며 의기투합하고 있다.

책방 문을 열고 얼마 되지 않아 생긴 전국동네책방네트워크가 나에겐 믿음직한 책방 선배들이 있는 책방학교처럼 느껴졌다. 책방 운영과 관련된 조언을 구하거나 서로 하소연이라도 할 수 있는 동지들이 전국적으로 생긴 것 같아 든든했다.

그렇게 네트워크가 조직되고 동네책방에 대한 관심도 높아져 가던 무렵, 한 유명 작가는 TV에 나와 "동네책방은 출판계의 모세혈관이다"라는 표현으로 주목을 받았다. 그 작가는 동네책방이 마을에 끼치는 문화적 영향력에 대해 이야기하고, 동네책방을 지켜내야 하는 이유도 조목조목 설명했다. 여전히 많은 독자들이 정가로 책을 사는 데 인

색해, 동네책방에서는 구경만 하고 실제 구입은 인터넷에서 하던 상황에서 동네책방의 존재감을 일깨워준 그 작가의 한마디가 참 고마웠다.

그런데 얼마 뒤. 그 유명 작가의 얼굴이 크게 내걸린 광고 하나가 내 마음에 비수를 꽂았다.

"요즘도 책 사러 서점 가요?"

이런 카피가 버스에도, 지하철에도, 매일 들여다보는 SNS에도 등장한 것이다. 동네책방의 모세혈관론 운운했던 작가가 하루아침에 전자책 플랫폼 기업의 모델이 되어 있었다. 마치 종이책을 사러 서점에 가는 사람들은 시대에 뒤떨어진 양 비아냥거리는 카피를 보니 오프라인 서점 전체가 농락당하는 기분이 들었다.

광고 종사자 입장에서도 생각해 보았다. 비록 광고주가 이런 시안을 결정했다 하더라도 분명 서점계에서 안 좋은 소리가 나올 법한 카피인데 그대로 내보내다니. 광고를 만든 제작진에 대한 실망스러움과 함께 혹시 노이즈 마케팅은 아닐까 하는 의심도 들었다.

어쨌거나 그 작가에 대한 배신감과 거대한 자본을 등에

업은 전자책 플랫폼의 광고 홍수에 대해 여기저기서 쓴소리가 나왔다. 광고주는 얼마 안 가 사과문을 올렸다. 하지만 해당 작가는 자신이 그저 모델이었을 뿐이라 생각하는지 그 어떤 해명도 하지 않았다.

씁쓸했다. 내가 그 카피에 분노했던 까닭은 꼭 동네책방의 주인이라서기보다 우리 책방에 기꺼이 발걸음을 해주는 손님들에게 고맙고 미안한 마음이 더 컸기 때문이다.

"바이 북 바이 로컬(Buy Book Buy Local)", 전국동네책방네트워크의 연중 캠페인 문구다. 동네책방에서 책을 사는 일이 결국 동네를 살리는 일이 된다는 의미가 담겨 있다. 모두가 인터넷으로만 물건을 산다면 동네에 남아 있을 구멍가게가 있을까? 거대한 물류 센터만 살아남고, 배달앱으로 주문하는 플랫폼만 남게 되겠지.

그렇잖아도 얼마 되지 않는 책 손님들과 소통하면서 어렵사리 책방을 꾸려가고 있는데, 앞서 언급한 광고는 책방 손님들을 향해 이렇게 질책하는 듯했다.

"아니 뭐 하러 거기까지 불편하게 가서 책을 정가로 사세요? 우리 플랫폼을 이용하면 저렴한 가격에 원하는 책을 줄줄이 볼 수 있는데….”

생각할수록 불쾌한 카피였다.

책방은 책 이상의 것을 파는 공간이다. 손님들은 책을 사러 와서 추억을 만들고, 인연을 만들고, 아이디어를 얻어 간다. 나 역시 그저 책만 팔기 위한 책방이라면 시작도 하지 않았을 것이다.

문제의 카피를 묵인한 관계자들은 오프라인 책방을 제대로 경험하지 못한 사람들일 거라 생각한다. 단 한 번이라도 순수한 독자로서 책방을 경험했다면 그런 발상 자체가 나올 수 없으리라.

그들은 모른다, 책방 안에서 벌어지는 소소한 기적들을. 나는 책방지기로서 오래 살아남으려 한다. '아직도 서점에 오는' 귀한 이들과 함께 이 소소한 기적들을 만들고, 전하고, 지속하기 위해서.

책은 어디서나 살 수 있지만
사람은 어디서나 만날 수 없기에

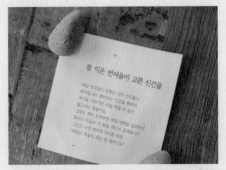

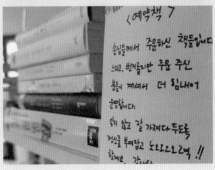

누군가의 주문 목록이 힌트가 되기도

잔소리가 필요해

"잔소리는 왠지 모르게 기분 나쁜데, 충고는 더 기분 나빠요!"

〈유 퀴즈 온 더 블럭〉이라는 예능 프로그램에 나온 초등학생의 말이다. 진행자가 잔소리와 충고의 차이에 대해 묻자 위와 같이 답한 것이다. '아이도 어른도 잔소리는 싫어하는군' 하며 웃어넘겼지만 여운이 남았다.

잔소리나 충고가 듣기 싫은 이유는 듣기 싫은 톤으로 말하기 때문이 아닐까. 엄마들의 잔소리를 떠올려보라. 이미 목소리에 화나 짜증이 묻어 있지 않은가(윽, 찔린다). 반면에 같은 잔소리여도 진심이 묻어나는 배려의 말은 오히려

고마울 때가 있다.

이렇게 잘 알면서도 사실 나는 비꼬거나 비아냥대는 말을 농담인 양 던지곤 한다. 특히 한창 예민할 나이라 안 그래도 조심해야 하는 '우리 집 청소년'에게 자주 그런다.

딸아이가 화장대 앞에서 마구 파운데이션을 두드리거나 밤늦게 남사친(남자 사람 친구)과 전화라도 하고 있는 모습을 보면 존중의 마음은 어느새 사라지고 슬슬 비꼬기 시작한다.

"줌 수업 하는데 누가 화장하냐?"

(뭐, 사실 할 수도 있다.)

"너 화장품 열 개 쓸 때 나 한 개 쓴다!"

(알고 보면 1+1과 저렴이만 골라 사는 알뜰한 딸이다.)

"지금 몇 시인데 수다 떠냐?"

(하루 종일 공부하고 와서 잠깐 쉬는 시간이다.)

이러니 내 말을 딸아이가 들을 턱이 있나. 내 말은 이미 잔소리나 충고를 넘어서 그냥 듣기 싫은 소리가 된다. 참 이상하게도 알면서 자꾸 하는 걸 보면 나는 아직 한참 덜 익은 인격의 소유자. 그래도 딸아이가 고등학생이 되고는 많이 달라졌다. 이 엄마가 굉장히 고마워하고 있다는 사실을 알까 몰라.

　이런 나에게도 다정한 조언자들이 있다. 특히 나와 딸아이의 갈등에 대해서까지 조언을 구하는 상대가 있는데, 책방을 하며 인연을 맺은 권진희 작가다. 나보다 열 살도 더 어리지만 그녀와 얘기할 때면 속으로 질투가 날 지경이다. '뭐 이리 말을 잘해. 어디 말 잘하는 학원이라도 다녔나?'

　나는 권 작가 앞에서 철부지인 양 나의 어리석음을 탓하기도 하고, 딸아이를 키우는 고충을 쏟아놓거나 책방의 힘든 사정을 털어놓기도 한다. 그러면 권 작가는 어쩜 그리 나긋나긋한 목소리로 옳은 소리들만 골라 하는지 원. 그 조언을 최대한 머릿속에 깊이 새기며 나의 부족함을 채운다. 권 작가의 직언이 듣기 좋은 이유가 뭘까 생각해 보니 그것은 그녀의 몸에 밴 다정함 때문이었다.

　권 작가와 얘기를 나누고 나면 감기처럼 간헐적으로 찾아오는 힘든 현실이 어느새 회복된 일상이 되어 있곤 한다. 그녀는 또 항상 이야기를 마무리하는 시점에 나에게 마법의 주문을 걸어놓는다.

"대표님, 잘하실 거예요! 파이팅!"

조언자들 중에는 절대 빼놓을 수 없는 대학 동기 S도 있다. 책방을 한다고 했을 때 가장 좋아해 주었던 친구다. 나 없는 책방에 들러 생필품을 놓고 가기도 하고, 어느 땐 고급 원두나 맛있는 간식을 두고 가기도 한다. 늘 고마운 친구다(꼭 먹을 걸 줘서 하는 말은 아니야).

그러면서도 막상 친구 S와 만나면 티격태격한다. 허물 없이 지내다 보니 책방에서 만날 때는 보통 내가 다른 일을 하면서 그녀의 이야기를 듣는데, 제대로 집중하지 못하는 티가 나는 모양이다.

"야, 지선아! 너 내 말 듣고는 있냐?"

"그럼, 듣고는 있지."

잠시 후 S의 조언 더하기 잔소리가 시작된다. 그녀는 날카로운 눈빛으로 진열 상태가 엉망인 책들을 발견하고야 만다. 팔 건지 안 팔 건지 분간이 안 되는 책을 끄집어내는 재주가 있으며, 냉장고의 유통기한이 지난 음료들도 처분

하라는 명령을 내린다.

그런가 하면 내가 미처 가져다 두지 못한 괜찮은 작가의 책을 추천하기도 하고, 독립출판물 관련 이슈도 알려준다. 그럼 나는 성실하게 메모까지 하고는 그 메모지를 곧잘 잃어버린다. S는 나의 이런 행동이 늘 못 미덥다.

하지만 우리는 20년 넘게 우정을 이어온 친구답게 충고든 잔소리든 마무리는 늘 "밥 먹자"라는 말로 끝을 맺는다.

새로운 일터로 옮긴 S가 한참 동안 모습을 드러내지 않은 적이 있다. 문득 정신 차리고 책방을 둘러보니 겹겹이 누워 있는 책들하며, 여기저기 재고 도서가 들어 있는 상자하며…. S의 잔소리가 얼마나 소중했는지 절실히 느꼈다. 나는 마치 그녀가 옆에 있기라도 한 듯 "알았다, 알았어. 치울게. 당장 정리할게"라고 중얼거리며 책방 안을 정리하기도 했다.

그러던 어느 날, 오랜만에 S가 책방에 들르더니 홍은전 작가의 《그냥, 사람》을 집어 들었다. 20여 부를 주문해서 다 팔고 남은 마지막 한 권이었다.

"와우, 다 팔았다. 또 주문해야겠어. 이 책, 우리 책방에서 은근 잘 나간다. 내가 책에 대한 구구절절 소개 없이 '그냥요, 많이 읽어주셨으면 좋겠어요'라고 책 표지에 메모를 남겼을 뿐인데, 사람들이 그냥 사가는 거 있지! 특히나 이런 책에 관심 없었던 동네 손님들도 내 글만 보고 그냥 사가는 거야. 나 그럴 때마다 마음이 되게 뭉클해져."

흥분해서 떠드는 나에게 S가 말했다.

"더 뭐가 필요해, 그보다 좋은 추천 멘트가 어딨어?"

어? 나 지금 S에게 칭찬 들은 거 맞지? 그러고 보니 책방에 책이 엄청 많아졌다는 말 외엔 특별히 뭘 치우라거나 책을 잘못 놓았다거나 하지도 않았다. 난 눈치 보고 있었는데.

코로나19가 조금 잠잠해지면 S와 여행이라도 가야겠다. 같이 술 마신 지도 꽤 오래됐다. 정종 한 병을 앞에 두고 서로의 잔소리에 티격태격할지라도.

섣부른 조언과 잘 익은 충고의 차이
상대의 말투에서 느껴지는 온도의 차이

비교는 금물
경쟁은 선물

잘 익은 언어들 책방 한가운데에는 꽤 큰 테이블이 놓여 있다. 느릅나무로 만들어진 테이블은 여섯 명 정도가 앉기 적당한 크기로, 길이 3미터에 폭 1.2미터 정도 된다. 열두 평의 책방 안을 꾸밀 때 따로 공간을 분리하기에는 좁아서 모임도 하고 쉬어갈 수 있도록 테이블 공간을 만든 것이다.

책방지기 선배님들 중에는 좁은 책방 안에 굳이 테이블과 의자를 둘 필요는 없다면서, 그 테이블 위를 책으로 가득 채우면 어떻겠냐는 의견을 준 분들도 있다.

그러나 지금껏 테이블은 우리 책방에서 가장 중요한 역할을 맡고 있다. 바로 책방을 '치유의 장소'이자 '연결의 장소'로 만들어준 것이다. 서가에서 마음에 드는 책을 골라 한 권 두 권 쌓아두는 곳이 테이블이다. 또 대화가 시작되면 잠시 앉았다 가는 곳이 테이블이고, 구입한 책을 잠시 읽다 갈 수 있는 곳도 테이블이다.

아이들은 말하지 않아도 자연스럽게 책을 빼내어 테이블 앞에 앉는다. 아이들이 책을 보고 있으면 같이 온 부모들이 동네책방에서의 예절을 가르친다.

"여기 있는 책은 다 파는 거니까 조심해서 봐야 해. 살살 넘기고, 누르면 안 돼."

테이블 공간은 책방지기와 단골손님이 마주 앉아 차 한 잔 마시며 소식을 나누는 곳이기도 하고, 오랜만에 만난 단골손님들끼리 이야기꽃을 피우는 곳이기도 하다. 이처럼 테이블은 잘 익은 언어들을 더욱 잘 익은 언어들답게 만들어준 일등공신이다.

이따금 책방에서 모임이나 강연이 있는 경우, 공간이 좁다 보니 테이블을 문밖까지 내놓아야 했다. 그럴 때면 넓고 쾌적한 북카페형 서점들이 부러웠던 적도 있지만 일단은 내 공간부터 더욱 사랑하고 내실을 기하자며 스스로 다

테이블의 기적은 시즌 2에도 계속

짐했다. 그러자 다른 서점과 비교하는 마음보다는 잘 익은 언어들의 장점을 최대한 살리고자 하는 마음이 커졌다. 이를 위해 나만의 몇 가지 기준도 세워보았다.

인스타그램용으로 멋진 사진을 찍고 가는 곳이 아닌, 마음 편히 책 사고 읽기 좋은 책방을 만들자. 유명한 핫플레이스보다는 진실된 '핫피플'이 있는 책방, 일회성 인증 방문이 아니라 지속적으로 발걸음하고 싶은 책방이 되자. 그래서 고급스러운 인테리어보다는 사람 냄새 나는 'ㅅ테리어'로 사람, 장소, 환대가 어우러지는 공간을 만들자.

무엇보다 중요한 건 이 책방이라는 공간이 살면서 생기는 자잘한 상처들을 치유해 주는 일이다. 그리하여 누구나 잘 익은 언어들에만 오면 마음을 충전해서 즐겁게 돌아갈 수 있기를. 이것이 내가 책방을 운영하는 가장 큰 이유다.

어쩌다 보니 책방을 이전하여 지금은 좀 더 넓고 쾌적한 공간에서 손님들과 만나게 되었다. 이제 모임이 있어도 테이블을 문밖으로 옮겨놓을 필요는 없지만, 잘 익은 언어들만의 색은 계속 지켜나갈 예정이다. 물론 이 테이블은 새 공간에서도 손님들의 작은 안식처로 남을 것이다.

좋은 사람들만 오는 게 아니라
이곳에 오면 당신도 좋은 사람이 되는 거예요

배송

책 도착했나요?

아뇨, 아직입니다.

언제쯤 도착할까요?

아마 낼모레쯤 도착할 듯싶습니다.

아⋯ 네⋯.

죄⋯송⋯합니다.

아, 아닙니다.

+ 마음 같아선 배달하고 싶어요.

+ 하지만 우리,

+ 조금만 느리게 살면 안 돼요?

© 김동옥

2장

당신을 만나고
나를 만났다

멋진 우리 손님

앞치마를 입은 손님이 책방에 들어왔다. 근처 식당에서 일하는 분 같았다.

"여기가 서점이었군요. 책을 읽은 지가 너무 오래돼서… 어떤 책을 읽어야 할지도 모르겠어요."

"혹시 제가 골라드려도 될까요?"

"네, 그래 주시면 감사하지요."

무겁지 않으면서 술술 잘 읽히고 힘이 되기도 하는 책을 권하고 싶었다. 뭐가 있을까, 사노 요코의 《사는 게 뭐라고》가 눈에 들어왔다.

"일본 작가가 쓴 에세이인데, 안 보셨으면 한번 읽어보

시겠어요?"

"네, 그럴게요."

손님은 그렇게 《사는 게 뭐라고》를 가져갔다.

나는 사노 요코의 글을 좋아한다. 《사는 게 뭐라고》는 작가가 암에 걸려 시한부 삶을 살면서 쓴 일상의 기록이다. 그 상황 자체를 생각하면 슬프지만 그녀의 글은 슬프지 않다. 사카이 준코가 해설에서 말했듯, '인생은 번거롭고 힘들지만 밥을 먹고 자고 일어나기만 하면 어떻게든 된다'는 사실을 깨닫게 해주는 사노 요코 식의 화법은 이상하게 위로가 된다.

사노 요코는 일상의 몸짓 하나하나를 있는 그대로 받아들이며 암에게도 말을 걸고, 목욕하고 나와서 늙은 몸과도 이야기를 나눈다. 그 모습이 시종 유쾌하다. 시니컬한 말투 때문일까, 그녀의 책을 읽을 때만큼은 삶도 죽음도 별일이 아닌 것처럼 느껴진다.

그 뒤로 힘든 날엔 '사노 요코라면 어떻게 말했을까?'라는 질문을 던져본다. 인생 별거 없어, 그냥 하고 싶은 거 다해! 안 되면 다른 거 하면서 살지 뭐. 어떻게든 살아지겠지. 사노 요코 식의 '어떻게든 살아지겠지'는 체념이 아닌 희망이었다. 어쨌거나 책방에 왔던 손님도 사노 요코를 마음에 들어 하길 바랐다.

그 뒤로 한 달이 지났을까. 사노 요코의 책을 가져갔던 손님이 다시 책방을 방문했다.

"저, 그때 그 작가님의 다른 책도 있나요?"

반가운 말이었다.

"네, 그럼요. 제가 사노 요코를 좋아해서 다른 책들도 있어요. 한번 살펴보세요."

내가 이렇게 말하자, 손님은 책들을 둘러보며 얘기를 전한다.

"사실 제가 정말 몇 년 만에 처음으로 책을 읽었어요. 그동안 일만 하고 사는 사람이었거든요. 이렇게 일만 하다가 인생이 끝나겠구나 생각했죠. 그런데 일하는 식당 뒤에 서점이 생겼길래 용기 내서 들어왔던 거예요. 날마다 조금씩이라도 책을 읽으니까, 제가 일만 하는 사람이 아니라 책도 읽는 사람이 되었더라고요."

손님의 말을 듣는데 눈물이 핑 돌았다. 나는 애써 웃으며 대화를 이어나갔다.

 "저는 책방지기가 되면 책을 많이 볼 줄 알았는데, 아니더라고요. 책을 읽을 시간이 정말 모자라요. 그래도 손님이 이렇게 대신 책을 읽어주시니 너무 행복하네요."

 손님은 사노 요코의 다른 에세이집을 사갔다. 여전히 앞치마 차림으로. 책을 들고 종종걸음으로 사라지는 손님의 뒷모습이 아름다웠다. 그녀는 이제 일만 하는 사람이 아니라 사노 요코의 책을 읽는 독자이자, 우리 책방의 멋진 손님이 되었다.

 그 후 우연히 인근 식당에 갔다가 주방에서 일하는 '우리 책방 손님'을 보았다. 바쁘게 움직이고 있어서 알은체는 못 했지만, 그녀가 설거지나 요리를 하면서도 가끔 사노 요코를 떠올리면 좋겠다고 생각했다. 그 손님이 지금보다 더 행복해지기를 바라며 나는 밥을 싹싹 먹어치웠다.

용기 내어 책방으로 들어왔다면
앞으론 더 용감하게 살 수 있습니다

눈 딱 감고 그냥 해봐요

"제가 나이도 있고, 아직 아이가 어려서 일을 시작하기 두려워요. 마음은 뭐라도 해보고 싶은데, 선뜻 나서기가 힘드네요. 이럴 때 읽을 만한 책이 있을까요?"

한창 젊은 나이에 그게 무슨 소리냐고 말해 주고 싶었지만, 나이와 상관없이 무엇인가 새로 시작하려면 두려움이 앞서는 게 사실이다.

나이에 대한 장벽도 기준을 어디 두느냐에 따라 달라진다. 70대가 보는 60대는 한창때고, 50대가 바라보는 40대는 바쁘게 살아야 하는 나이다. 그런 의미에서 40대인 내 눈에 그 30대 손님은 진심으로 풋풋해 보였다.

그녀를 위해 그림책 한 권을 꺼냈다. 고양이와 할머니가 나오는 그림책, 《하지만 하지만 할머니》(사노 요코, 엄혜숙 옮김, 상상스쿨, 2017). 그러고 보니 이 그림책 또한 사노 요코의 작품이다.

아흔여덟 살 난 할머니가 자신의 아흔아홉 살 생일 파티를 위해 고양이에게 양초를 사 오라며 심부름을 보낸다. 그런데 고양이가 돌아오는 길에 양초를 냇가에 빠뜨려서 겨우 다섯 개만 가져오게 된다.

할머니는 어쩔 수 없이 케이크에 다섯 개의 양초만 세우고 불을 붙인다. 고양이가 할머니에게 말한다.

"그런데 할머니 진짜 다섯 살이에요?"

"올해 나 다섯 살이 된 거야!"

그동안 아흔여덟 살이라서 고양이랑 낚시도 가지 않고, 냇가에서 놀지도 않던 할머니가 그다음 날부터는 고양이를 따라나선다. 다섯 살이 되었기 때문이다. 평소에는 시도해 보지 않던 냇물을 훌쩍 뛰어넘기도 하고, 고양이와 냇가에서 놀며 물고기도 잡는다.

돌아오는 길에 할머니는 고양이에게 말한다.

"내년 생일에도 양초는 다섯 자루만 사 오렴."

아이 때문에, 나이 때문에 무언가를 시작하기 힘들어하던 그 손님에게 이 그림책을 직접 읽어주었다. 그녀의 입가에 슬며시 미소가 번졌다.

그 뒤 그녀가 다시 책방을 찾았을 때는 손에 작은 케이크 상자가 들려 있었다.

"이거, 대표님 드시라고 만든 거예요."

"케이크를 직접 만드셨어요? 세상에, 예쁘기도 해라. 솜씨가 정말 좋네요!"

"그때 그림책 읽어주신 이후로 용기를 내서 제과제빵 수업에 등록했어요. 제가 정말 하고 싶었던 일이거든요. 그래서 아이가 어린이집에 있는 시간 동안 수업을 들었어요. 이건 제가 만든 첫 케이크예요."

책방에는 바깥세상이 잘 모르는 책방만의 온도가 있다. 용기 있는 선택의 첫 결과물인 케이크는 책방 안의 온도를 바꿔놓았다. 김이 모락모락 날 듯한 이 기분을 뭐라고 표현하면 좋을까. 책 한 권이 가져다준 기적이라고 하면 너무 과한 걸까.

그녀가 나의 마음을 읽었는지 웃으면서 말한다.

"그냥 편히 드세요, 대표님."

"아, 고마워요. 아까워서 어떻게 먹어요."

나는 《하지만 하지만 할머니》처럼 케이크에 몇 개의 양초를 꽂을까 고민한다. 몇 살의 책방지기가 되어 이 공간에서 사람들과 만나야 할까.

나는 양초를 꽂지 않기로 한다. 모두에게 눈높이를 맞출 수 있는 책방지기이고 싶어서다. 용기가 필요한, 위로가 필요한 누군가에게 딱 맞는 책 한 권을 전달하는 책방지기. 때론 실수도 할 것이고 내 뜻과는 다르게 전달될지도 모른다. 하지만 이렇게 책 한 권이 주는 힘으로 사는 사람들이 많아지면 좋겠다.

그녀의 제빵 솜씨가 예사롭지 않다. 나중에 혹시 빵집을 여는 날이 온다면 꼭 가서 춤이라도 춰줘야지.

이래서 저래서 못 한다는 핑계 대신
이래서 저래서 더 잘할 수 있다는 믿음으로

현명한 그녀들의 덕질

코가 둥글고 큰 편이다. 나는 내 코가 마음에 들지 않았다. 어려서부터 어른들한테 '복코'라는 얘기를 들을 때마다 '커서 꼭 뾰족한 코로 수술해야지'라고 결심하곤 했다. 만화나 TV에 나오는 여주인공 중에 나 같은 코를 가진 사람이 어디 있더냐. 〈도라에몽〉에 나오는 퉁퉁이나 호빵맨이면 몰라도.

갑자기 웬 코 이야기냐고? 그 복코의 주인공 되시는 잘 익은 언어들 책방지기가 드디어 복을 만났다는 사실. 그것은 바로 '인복', 달리 말하면 '손님복'이다. 책방을 하면서 깨닫는 중이다. 어디서 이런 분들을 만날까 싶게 훌륭한 분들을 많이 만난다.

타이핑한 것보다 더 멋지게 손 글씨를 써주시는 손님, 책을 읽은 후 항상 근사한 소감을 들려주시는 손님, 전주의 모든 책방들을 두루 다니며 응원해 주시는 손님 등. 또한 살면서 기념일에 꽃 한 송이 받기 힘들었던 내가 책방을 하며 받은 꽃송이만 세어도 백만 송이 백만 송이 백만 송이….

솔직히 과분한 선물을 많이 받다 보니 이 빚을 어떻게 다 갚나 싶어서 부담이 된 적도 있다. 그러나 다른 책방지기들이 올리는 글을 통해 그곳 책방에도 선물을 나눠주시는 손님들이 있다는 사실을 알게 되었다.

아, 책방이 뭐라고….

그저 사람이 사람에게 갖는 순수한 선의나 호의가 살아있는 공간, 그곳이 바로 책방이었다.

책방 손님을 한 분 한 분 떠올릴 때마다, 시상식 주인공이 수상 소감에 온갖 고마운 분들을 나열하는 심정을 이해하게 된다.

종이에 고마운 손님들의 이름을 적다 보니 족히 쉰 명은 넘는다. 우리 책방을 두세 번 이상 방문하고, 틈틈이 안부를 물어주는 분들이다. 그중엔 손님으로 만나서 손님 이상으로 우정을 나누게 된 분들도 있다.

맨 먼저 떠오르는 황정원 선생님과 김동옥 선생님, 내가 존경하는 분들이다. 50대인 두 분은 책과 동네책방을 좋아하고 '덕질'을 즐긴다는 공통점이 있다. 달리 말하면 본인들이 무엇을 할 때 가장 행복한지를 잘 안다는 뜻이기도 하다.

정원 샘은 여행과 공연을 좋아하는데, 요즘은 코로나19로 여행도 가지 못하고 공연도 즐길 수 없어 많이 답답한 상황이었다. 하지만 BTS(방탄소년단)의 팬이 되면서 다시금 활력을 되찾았다고 한다. 팬클럽 '아미'들만 볼 수 있는 온라인 공연도 보고 BTS의 일거수일투족을 공유하면서 즐거워한다.

비록 일상의 작은 즐거움이지만 덕질하는 순간 뿜어져 나오는 아드레날린이 활력을 선사했음은 두말할 필요가 없으리라.

초등학교 교사 출신인 정원 샘은 재직 시절, 아이들에게 책 읽어주는 일에 열정을 쏟았던 분이다. 지금도 그림책을 보는 탁월한 감각으로 가끔 우리 책방의 그림책 큐레이팅을 담당해 주신다. 본인의 따뜻하고 어진 심성을 닮은 그림책들을 발굴해 주셔서 감사하다.

한편 동옥 샘은 매주 화요일 오후 2시경이면 어김없이 책방에 나타나신다. 내가 현재 알고 있는 사람들 중 가장 성실하고 열렬한 독자이며, 꼼꼼한 서평가이자 즐거운 생활가다. 책에 대한 안목도 훌륭해서 나도 동옥 샘이 주문한 책들을 유심히 살펴봤다가 주문을 넣곤 한다.

특별한 습관이 있다면 항상 읽은 책의 첫 페이지에 감상을 적고, 읽기 시작한 날과 다 읽은 날을 표시한다는 것이다. 그런데 그 메모라는 게 그저 몇 자 남기는 수준이 아니다. 누가 봐도 정갈한 글씨하며 수준급의 그림, 마스킹테이프와 스티커까지 정성스럽게 꾸며서 감탄사를 자아내게 한다. 그래서 동옥 샘의 별명은 '책꾸샘(책을 꾸미는 선생님)'이 되었다.

2020년에는 무려 150여 권의 책을 읽고 한 권 한 권 정성스럽게 꾸몄을 정도다. 2021년 1월 책방에서는 새해 첫 프로젝트로 소박하게 '책꾸 전시회'를 열기도 했다. '책방 손님의 1년 서재 전시'라는 타이틀로 동옥 샘이 2020년 동안 읽은 책과 독서 다이어리 등을 전시했는데, 반응이 꽤 좋았다. 코로나19로 침체된 분위기임에도 많은 이들이 보러 온 것이다. 특히 책방에 무관심하던 동네 사람들조차 호기심 어린 눈으로 도대체 누가 그렇게 많이 읽었냐면서 책방 문을 열었다.

"우와, 이 책들을 1년에 다 읽었단 말이에요? 나랑 겹치는 책이 별로 없네. 이분이 150여 권을 읽을 동안 저는 15권도 안 읽은 것 같아요."

방문객들은 누구나 할 것 없이 경이로운 눈빛으로 동옥 샘의 서재를 살폈다. 한 사람의 '책 세상'을 구경하며 자신의 새해 독서 다짐을 새로이 하는 모습을 보며 전시회를 기획한 보람을 느꼈다.

책방을 운영하면서 자주 생각하는 말이 바로 '덕분에'라는 단어다. 혼자서 꾸려가고 버티는 듯해도 결코 혼자가

아니라는 것. 이런 멋진 손님들 덕분에 나는 오늘도 든든
하다.

공들인 마음과 시간만큼 쌓이는 건
스스로에 대한 자존과 새로운 희망

뜨거운 호응을 얻은 '책방 손님의 1년 서재 전시'

책방 손님과 어머나!

책방에는 보통 가까이서 자주 찾아주는 단골이 있는가 하면, 멀리 살아도 때맞춰 찾아오는 손님들도 있다. 책방을 오픈했을 당시 30대 K 씨는 서울에서 호텔리어로 근무 중이었다. 그는 고향인 전주의 본가 앞에 자그마한 책방이 생겼다면서 엄청 반가워했다.

K 씨는 명절에 맞춰 전주에 내려오면 집보다 먼저 책방으로 찾아와서 나에게 '문안 인사'를 건넨다. 그러고는 가방에서 주섬주섬 무언가를 꺼내놓는다. 청년의 가방에서 나오기엔 너무 앙증맞은 스티커와 편지지 세트, 액세서리 등이다. 그는 그렇게 귀여운 것들을 가방 안에 넣고 다니

며 늘 사용한다.

호텔에 머문 고객들이 체크아웃을 할 때 K 씨는 고마운 마음을 담아 손수 쓴 엽서를 선물했다. 특히 일본인과 중국인 고객에게는 직접 그 나라 말로 써서. 감동받은 고객들은 한국을 떠나서도 그에게 답장을 보내온단다.

아무튼 나를 '책방 누님'이라고 스스럼없이 부르는 K 씨는 이런저런 서울살이의 고충을 털어놓곤 했다. 그러면 나도 '고향 누나'로서 좀 더 따뜻하게 대해주고 싶은 마음에 서울살이 경험을 들려주거나 조언을 해주기도 한다.

코로나19의 여파로 K 씨가 근무하던 호텔은 잠정 휴식기에 들어갔다. 그즈음 K 씨가 축 처진 목소리로 전화를 했다. 호텔에서 무급 휴가를 준 모양이었다. 내가 해줄 수 있는 말이라고는 그저 "기다려보자. 힘내자. 버티자"뿐이어서 안타까웠다.

그러던 어느 날 K 씨가 다시 생기 도는 목소리로 전화를 걸어왔다.

"누님 덕분에 제가 다시 복직했어요!"

뭐가 내 덕분이라는 것인지 알 수 없었지만 힘이 실린

목소리를 들으니 덩달아 기운이 났다. 고향에 올 때마다 들르는 책방. K 씨에게 책방은 어떤 의미일까? 어쩌면 그는 자신의 윤택한 삶을 위해 동네책방을 슬기롭게 활용하는, 꽤 영리한 친구일지도 모른다.

다음으로, 전주가 고향인 K 양은 서울에서 대학을 다니고 있다. 그녀는 고향에 내려올 때마다 책방 골목을 유심히 살피며 '잘 버티고 있나? 아직도 문 열고 계시나?' 하고 책방을 늘 확인했다고 한다. 그러면서도 방문을 차일피일 미루고 있었는데, 다양한 행사를 하면서 무럭무럭 익어가는 책방의 모습에 무척 감동을 받았다고 전했다.

아직도 K 양의 첫 방문 날이 생생하게 기억난다.

귀여운 여학생이 들어와서 "저, 이거요!" 하면서 종이 가방을 하나 내밀더니 서가도 제대로 보지 않고 총총 사라져버린 것이다. '뭐지?' 하며 살펴보니 초콜릿이 가득한 가방 안에 편지 한 통이 들어 있었다.

깨알같이 쓴 편지에는 망하지 않고 책방을 지켜줘서 고맙다, 늘 응원한다는 내용이 담겨 있었다. 나야말로 뭉클

하고 고마웠다.

그 이후 K 양은 나와 친구가 되었다. 아나운서 지망생인 그녀는 장차 유명한 아나운서가 되어 우리 책방을 소개하고 싶단다. 멋진 장래 희망이지 않은가. 꼭 그렇게 될 거라 믿는다.

책방이 직장 근처라서 자주 들르는 손님들도 있다. 책방 인근의 중학교 교사인 S 선생님도 그중 한 분이다. 그 선생님은 점심 식사 후 산책 코스로 책방 옆길을 걸으며 꽃집에서 꽃도 사고, 우리 책방에 들러 책도 사신다. 새로 부임한 선생님이 있으면 함께 책방으로 와서 인사를 나누게 하고 책도 한 권 선물하신다.

어느 날 S 선생님이 《오후도 서점 이야기》라는 책을 읽다가 우리 책방이 생각났다며 사진 이미지와 문자를 보내오셨다. 사진 속에는 책발전소를 운영하는 방송인 김소영 대표의 글이 들어 있었다.

한 개의 동네서점이 사라질 때, 우리가 잃는 것은 비단 몇

명의 일터만이 아니다. 책방이 존재한다는 것만으로 그
동네에 근육과 살이 붙는다는 것을 지켜본 사람, 또는 그
작은 공간이 가져다주는 풍요로움을 경험해 본 사람이라
면 공감할 것이다.

— 김소영, 《오후도 서점 이야기》(클, 2018), '추천사' 중에서

S 선생님이 보내주신 메시지는 내 눈에서 '하트'가 나오
게 만들었다. 이어진 문자.

저에게는 너무 소중한 동네책방, 잘 익은 언어들입니다.
대표님이 추천해 주신 책을 선물 받으신 분이 두 번이나
고맙다고, 원했던 책이라고 말씀하셔서 제가 꽤 괜찮은
사람처럼 보였습니다. 아무튼 좋은 책 추천해 주서서 감
사합니다.

S 선생님의 문자를 보는데 마음이 달뜨고 심장이 두근
거리는 것이 마치 사랑 고백이라도 받은 기분이었다. 누군
가에게 사랑받는 기쁨은 그 사람을 다시 살게 한다고, 그

문자를 보자 힘이 났다. 귀한 보약이라도 먹은 듯 책방을 버텨나갈 에너지가 온몸에 가득 찬다.

이렇게 책방을 하면서 좋은 분들을 만나니 감탄사가 절로 나온다. '책방 손님과 어머나!'란 제목으로 책방 손님 이야기만 엮어볼까 생각하기도 했는데, 이때 '어머나!'는 위로와 공감 이상의 놀라움을 나타내는 감탄사다. 물론 '에구머니나!'를 뱉게 하는 수상한 손님들도 있지만 말이다.

어쨌거나 책방에서의 값진 순간들을 더 많은 분들과 함께하고픈 바람으로 소리의 고장, 전주의 책방지기답게 노래 한 곡조 뽑아본다.

〈얼쑤, 책방뎐〉

밥 한 그릇만큼 든든한 책 한 권 납시오
살로 가고 피로 가는 책 한 그릇 잡숫고
당당한 걸음으로 씩씩하게 세상과 맞서보오

호랑이 등줄기만큼 힘센 책 한 권 납시오
무릎 힘 풀리는 날에도 짱짱하게 버티는 힘이라
보약보다 더 좋은 것을 어찌 우리만 누리겠소

그라니 이리 오소 다 같이 놀아보오
책 손님으로 만났으나 '어머나'로 통했으니
이보다 더 좋은 것이 어디 있겠소

당신이 있기에 내가 있고
책방이 있기에 우리가 있네

입간판과 키 재기 하던 아들(책방 초기)

비밀 없는 비밀번호

가끔 손님들이 멀리서 책방을 찾아왔는데 문이 닫혀 있으면 헛걸음하는 것이 미안해서 출입문의 비밀번호를 알려주곤 했다.

그럼 보통 "그렇게 해도 되냐, 고맙다"라는 답을 보내온다. 그럴 때마다 책방을 지키고 있지 못해서 죄송한 마음이다. 다행히도 손님들은 주인 없는 책방에서 의도치 않게 더 꼼꼼히 책장을 살피고는 꽤 많은 책들을 사갔다(절대 이걸 노리는 게 아닌데 말입니다, 호호).

언젠가 토요일에 다른 책방에서 회의가 있어 조금 늦게 문을 연다고 공지를 올렸다. 그런데 공지를 보지 못하고 온 손님이 있어서 먼저 들어가 계시라 하고 뒤늦게 출발했다.

부랴부랴 책방에 돌아와 보니, 전등 스위치를 찾지 못해 불도 못 켠 어두컴컴한 책방 안에서 사람들이 둘러앉아 얘기를 나누고 있는 게 아닌가. 당연히 일행이라 생각하며 반가이 인사를 건넸다. 그런데 알고 보니 각각 따로 분당에서 온 손님들과 청미출판사 대표님 부부였다. 그날 책방에서 우연히 처음 만난 사람들끼리 정다운 대화를 주고받았던 것이다.

분당에서 온 손님들은 전주 여행의 첫 코스로 잘 익은 언어들을 선택했다고 한다. 노명우 교수의 《이러다 잘될지도 몰라, 니은서점》이라는 책을 읽고 우리 책방이 궁금해서 오신 분들이었다. 무척 뿌듯한 마음으로 이야기 나눈 시간들이 기억난다.

이처럼 주인 없는 책방에서 생기는 훈훈한 일화가 많은데도 부모님은 아무에게나 비밀번호를 알려준다면서 늘 걱정하셨다. 혹시나 못된 생각을 품고 오는 사람들이 있으면 어떡하냐고. 부모님의 마음을 모르는 바가 아니지만 나의 직감이랄까, 책방 손님인지 아닌지를 구분하는 지혜 정도는 나름대로 터득했으니 너무 염려는 마시기를. 제주에는 아름다운 무인 책방 '책약방'도 있지 않은가.

책방이 휴무였던 어느 일요일에도 예약한 그림책을 찾으러 오고 싶다는 손님이 있어서 비밀번호를 알려주었다. 그 손님은 예약한 그림책 외에도 몇 권의 책을 더 고른 다음, 주인 없는 책방에서 홀로 좋은 시간을 누리다 간다며 책값과 함께 비타민 한 팩을 두고 가셨다.

뉴스를 보면 날마다 도둑들이 판을 치고, 서로의 이권을 위해 아귀다툼을 벌이고, 하루가 멀다 하고 사건 사고가 터진다. 세상에 오만 정이 다 떨어진다. 그러나 책방 안의 시간들은 아직 세상이 살 만하다는 것을 가르쳐주는 것 같다.

잠시 감상에 젖어 있는데, 책방 문이 벌컥 열렸다. 노란 프리지어 한 다발과 커다란 화병을 손에 든 단골손님 K 씨가 들어왔다.

아직 오픈 시간 전이었다.

"어머, 웬일이에요. 나 있는 것 어떻게 알았지?"

"없으면 꽃만 두고 가려고 왔죠! 프리지어가 너무 예뻐서…."

K 씨와는 이미 책방 비밀번호를 공유하는 사이였다.

"지금 손님이 준 비타민을 보면서 잠시 감동받고 있었는데 이렇게 꽃다발까지 등장하니, 나 참 복 받은 사람 같아. 이 기쁨을 뭐라 표현할 길이 없네."

그런데 K 씨의 오른팔에 압박 붕대가 감겨 있는 것이 눈에 띄었다. 눈이 동그래져서 왜 그러냐 물었더니 관절염이란다. 팔목이 시큰거려 병원에 다녀오는 길이라고. 오늘은 없는 친정집이라도 막 가고 싶은 기분이었는데, 발길 따라 온 곳이 책방이라는 거다.

"그래, 여기가 친정이지 뭐! 잘 왔네, 잘 왔어."

잠시 K 씨의 친정엄마가 되기로 한다. 두 아이를 키우느라 손목에 관절염까지 생긴 그녀의 두 손을 꼭 잡았다.

이럴 땐 직업의 정의를 다시 내려본다. 책방지기인 나는 책을 파는 사람이 아닌 '위로 전달자'라고 말이다.

특별한 공간은 아니어도
특별한 순간들은 늘 존재한다
그래서 책방!

계산 못하는 책방지기와
계산 안 하는 손님들

"잠시만요, 어?"

"사장님, 천천히 하세요."

계산기를 두드리는 손이 떨린다. 1만 5천 원 더하기 1만 6천5백 원, 1만 1천 원, 2만 원…. 처음 한 계산과 두 번째 계산 금액이 틀리다. 세 번째 하니까 처음 것이 맞는다. 안심이다. 종종 이렇다. 암산도 아니고 계산기로 두드리는데도 틀린다. 손가락이 문제인 걸까, 내 눈이 문제인 걸까. 아무튼 나는 계산이 무척 서툰 책방지기다. 암산 같은 건 바라지도 않는다.

2017년 10월에 문을 열고 햇수로는 어느덧 5년 차가 된 지금, 내가 밑지고 있는 것인지 이익을 보면서 사업을 하는 것인지 헷갈린다. 2017년 겨울을 넘어 2018년 상반기까지는 책 판매로 인한 매출보다 카피 써서 번 돈이 더 많았던 것 같다.

그러다가 2019년부터 다양한 문화 지원 사업을 하며 책방이 알려지기 시작했고, 손님도 늘고 납품도 늘면서 그 돈으로 책도 많이 들였다. 이건 뭐, 계산을 똑바로 했어야 구체적인 수치라도 언급할 텐데 아는 바가 없어서 부끄럽다. 매출이 집계되는 포스(POS)기도 책방에 없다 보니, 카드 매출이 잡히는 통장으로 대략 계산하곤 했다.

그러면서도 2019년 말에는 이런 생각이 들었다.

'어? 책방으로 먹고살 만한데?'

사실 어떻게 생계를 유지하겠냐고 걱정 어린 시선을 보내는 이들이 주변에 많았다. 하지만 2019년에는 비록 큰돈은 아니어도 책방 매출이 꽤 됐다. 덕분에 남는 돈으로 적금도 들며 3년 후 '유럽 책방 투어'를 가겠다는 꿈까지 꾸었다. '다들 말렸던 책방이지만 나는 해냈어!'라며 스스로 머리를 쓰다듬기도 했는데….

갑자기 닥친 코로나19 위기에 더해, 2020년 봄부터는 우리 가족의 생계를 나 혼자 책임져야 하는 상황까지 벌어졌다. 결국 2020년 겨울에는 여행 가려고 모아두었던 적금 통장도 깰 수밖에 없었다. 서글픔과 불안감이 엄습하여 때론 글 한 줄 읽어내지 못한 채 불면의 밤을 보냈다. 그러나 두려운 마음 가득 안고 출근하는 날에도 이상하게 책방에만 오면 스르르 두려움이 사라지고 용기가 솟았다.

이는 힘든 시간 동안 나를 붙잡아 주고 위로해 준 우리 손님들 덕분이었다. 그들은 온라인 서점에서 핸드폰 버튼 한 번 누르면 편하게 받아볼 책을, 굳이 동네책방에 주문한다. 그렇게 애써 주문했건만 책방지기가 주문 실수를 해도 너그러이 용서한다. 화를 낼 만도 한데 나보고 다시 하라며 기회를 준다.

"주문 천천히 해주세요, 급하지 않아요."

"다시 해주세요, 기다릴게요."

늘 일에 찌들어서 허둥대고 자주 잊어먹고 버벅거리고 허당인 책방지기를 속으로 탓할망정 버리지 않는다. 너무 미안하고 또 고맙다. 지금 이렇게 책방을 멈추지 않고 움직이게 한 것도 내가 아니라 손님들이었다.

다시 계산해 주세요!

다시 주문해 주세요!

다시 정신 차리고 일어나 주세요!

손님들의 '다시'는 책방을 절대 놓지 말아달라는 당부인 것이다. 그 덕분에 책방지기는 어떤 고난이 닥쳐도 즐겁게 책을 팔 기운을 저장한다.

혹시나 걱정하실 분들이 있을까 봐 덧붙인다. 이제 책 계산은 정확히 한다(책 열 권 이상은 늘 계산기 두 번씩 두드리는 거 알죠?). 그리고 새로 이전한 책방에는 드디어 카운터에 '포스기'를 들였다. 책값만 제대로 입력하면 더 이상의 실수는 없다. 그동안 계산 못하는 나를 기다려준 손님들을 위해, 앞으로는 정확하고 '포스 있는' 책방지기가 되어야겠다.

서툴고 느리고 틀려도 기다려준 마음
책방이 익을 때까지 함께 가는 마음

'당신은 참 좋은 사람입니다' 캠페인 중에서

반갑다 친구야

인스타그램 DM으로 누군가 책을 주문한다. 여덟 권이나 되는 책을 하나하나 있냐고 물어보는데, 최근 내가 추천한 책들이고 책방에 있는 책들이라 반갑게 답했다.

　– 주문 가능한가요?

　= 네! 다 있는 책들입니다.

　– 그럼 오후에 찾으러 갈 테니 챙겨놓아 주세요.

　= 네, 감사합니다!

아침부터 책을 여덟 권이나 팔게 된 나는 기분이 좋아

휘파람까지 불었다. 오후에 손님이 주문한 책을 찾으러 왔다. 반가워하며 쌓아둔 책 곁으로 가는데, 손님이 마스크를 내리며 환하게 웃는다.

나도 한눈에 누군지 알아봤다.

"야아~ 너! 정○아!"

고등학교 때 같은 반 친구 K다. 못 본 지 20여 년이 훌쩍 흘렀으나 얼굴을 보자마자 그녀의 이름이 튀어나왔다. 안부가 궁금했던 친구. 전주에 내려와서 그녀가 살던 아파트를 지날 때마다 생각났던 친구다.

그래서였는지 오랜 세월을 만나지 못했는데도 '거리감'이 전혀 느껴지지 않았다. K가 말했다.

"엊그제 인스타그램에서 우연히 멋진 책방의 이름을 봤잖니. 들어가 보고 주인 얼굴이 너무 낯익어서 얼마나 놀랐는지! 바로 알은체를 할까 말까 고민하다가 책을 사러가야겠다고 생각했어. 네가 추천한 책들 중 맘에 드는 걸 하나하나 캡처했지. 내가 오늘 여기 올 때 얼마나 들떴는지 아니?"

우리는 테이블 앞에 앉아 한참 동안 고등학교 시절 이야기를 주고받으며 추억 여행을 떠났다. '여고 동창생'이라는 '오래돼 보이는 단어'가 기어코 나에게도 찾아와 즐거운 추억을 상기시켜 줄 줄이야. 우리는 가까이 지냈던 친구를 한 명 더 떠올렸고, 곧 연락해서 셋이 회동했다.

이후 친구 K는 모든 책을 우리 책방에서 주문한다. 책 보는 안목도 좋아서 추천해 주는 책마다 책방에서 잘 팔린다. 헤어져 지낸 긴 시간이 한순간처럼 짧게 느껴지는 이유는 각자 살아온 삶에 함께 공감하고 위로를 전하기 때문이리라. 그동안 애들 키우느라 고생했어, 부모님 돌보느라 애쓰고 있구나, 결혼해서 사느라 힘들었지, 이렇게 돈 벌고 사느라 고생 많다…. 우리는 앞으로 남은 삶도 더 건강하고 즐겁게 살자며 서로 다독인다.

K 말고도 책방을 인연으로 다시 만난 동창 친구들이 꽤 있다. 그중 빠뜨릴 수 없는 에피소드 하나.

책방 인근 초등학교에서 '학부모 독서 동아리' 도서 구입 건으로 연락이 왔다. 담당 선생님이 다소 사무적인 목소리로 견적서를 요청했다. 나는 문자로 메일 주소를 알려

달라고 얘기했고, 보내온 문자를 보는데 담당 선생님의 이름이 무척 낯익었다. 흔하지 않아서 기억하는 이름이며, 교대를 갔던 내 친구의 이름이었다.

문득 친구 S라는 확신이 들어서 "선생님, 혹시 ○○여고 나오셨나요? 제 친구 이름과 같아서 여쭈어봅니다"라는 문자를 보냈다.

문자를 보내자마자 전화가 왔다. 아까의 딱딱한 목소리가 고 2 때 친구 S의 낭랑한 음성으로 변해 있었다.

"야앙~ 너 지선이냥? 어머! 진짜 지선이양?"

"그려, 납니다요 선상님! 보고 싶었어요 선상님!"

"야앙~ 나 지금 너네 책방으로 갈래!"

"선상님, 오후까지 견적서 달라면서요! 저 바빠욧!"

"야앙~ 견적서 내일 줘도 돼~ 나 곧 갈게!"

잠시 후 S가 빵을 사들고 왔다. 책방과 굉장히 가까운 곳에 산다고 했다. 그 후로 우리는 치맥도 함께 즐기며 다시 우정을 쌓는 중이다.

어느 날 친구 S에게 "너는 연금 받아서 좋겠다. 나는 책 팔아서 우째 살아야 할지 모르겠다"라며 푸념을 늘어놓았다. 그러자 친구가 말한다.

"지선아, 너의 노후 대책은 인세가 될 거야! 걱정 마라!"

인세라니. 한 번도 생각해 보지 못한 노후 대책이었다. 그런데 곱씹을수록 꽤 매력적인 말이 아닌가. 그 한마디가 이 책의 씨앗이 된 셈이다. 아예 내친김에 《책방뎐》을 '판소리 마당극'으로도 제작해 볼까.

"얼쑤! 거, 책 보는 사람, 책 파는 사람, 어디 이리 나와보소! 사랑 사랑 사랑 내 사랑이야!"

아무튼 반갑고 고맙다, 친구들아!

금의환향은 못 했어도 반겨주는
친구 있으니 그것으로 즐겁지 아니한가

세상에서 가장 아름다운 발걸음

《쫌 이상한 사람들》이라는 그림책이 있다. 책에는 아주 작은 것에도 마음을 쓰는 사람, 춤을 추고 싶을 때면 아무 때고 추는 사람, 개미 떼를 피해 경중경중 걷는 사람 등, 어딘가 '쫌' 이상한 사람들이 나온다. 이 책의 작가 미겔 탕코는 이 이상한 사람들 덕분에 세상이 따뜻하다는 메시지를 전한다.

이처럼 쫌 이상한 사람들을 떠올리자면 인적이 드문 시골에서 책방을 하는 분들도 생각나고, 전국의 '책집'을 찾아다니며 책사랑을 전하는 고흥의 모 작가님도 생각난다. 역시나 한두 권의 책도 일부러 동네책방에 주문해 주는 우리 책방 손님들도 이상하단 말이지.

이 이상한 사람들의 공통점은 본인들이 선택한 일에 보람을 느끼기 위해 기꺼이 불편함을 감수한다는 것이다. 그렇게 좀 이상한 손님들이 있기에 좀 이상한 직업을 가진 나도 먹고살고 있지 않은가. 그래서인지 나의 솔직한 심정을 고백하자면 책방 문을 열고 들어오는 한 분 한 분을 다 안아드리고 싶다. (아, 이러면 진짜 이상한가?)

언젠가 주문한 책 한 권을 가지러 꽤 먼 동네에서 자전거를 타고 온 젊은 손님이 있었다. 그 손님에게 차 한 잔을 건네며 농담조로 물었다.

"아니, 이 먼 곳까지 자전거를 타고 오셨어요? 어찌 이리 불편한 선택을 하셨단 말입니까?"

"여기까지 오는 길을 여행한다 생각했어요."

아, 동네책방까지 오는 길을 여행길이라 생각하다니. 이 낭만 가득한 친구가 궁금해졌다. 그가 주문한 책은 전주에서 문화기획자로 활동하는 원민 작가의 《노는 게 아니라 기획하는 겁니다》였다.

"혹시 이 책을 주문한 이유가 있나요?"

"대표님이 인스타그램에 책을 소개한 것을 봤는데, 책 제목이 저의 고민과 비슷했거든요. 저도 요즘 이런저런 기획을 하는데 다들 놀고 있다고 여기는 것 같아서⋯."

우리는 차 한 잔을 사이에 두고 잠시나마 다양한 얘기를 나누었다. 나도 현재 책방에 대해 갖고 있는 생각과 책방에 관련된 기획 이야기 등을 들려주었다. 대화를 나누며 서로가 가진 고민의 짐을 조금은 덜어낸 듯했다. 손님이 떠날 준비를 하며 말했다.

"이 책을 그저 온라인 서점에서 샀다면 의미가 덜했을 거예요. 이곳에 와서 샀기 때문에 의미가 생긴 거죠. 추억이 만들어진 겁니다. 그런 의미에서 여기에 사인 좀 부탁드려요!"

"네? 원민 작가님이 아닌 제가요? 하하하 재밌네요! 기꺼이 해드리겠습니다. 이 한 권의 책이 꽤 의미 있는 소장품이 되었군요. 이 책을 들고 원민 작가님을 만나면 또 재밌는 일이 생길지도 모르겠네요."

자전거를 타고 떠나는 그의 뒷모습이 한결 가벼워 보인

다. 나 역시 낯선 사람과 주고받은 대화로 잠시 여행을 다녀온 기분이 든다. 비록 손님이 많지 않아도 이렇게 한 분 한 분과 보람 있는 시간을 보내는 일은 동네 책방지기만이 누릴 수 있는 작은 특권 중 하나다.

전국동네책방네트워크에는 주제가가 있다. 전주의 잘 익은 언어들 책방지기가 작사와 작곡에 심혈을 기울였다고 전해지지만, 아무도 불러주지 않는. 여기서 한 번 목 놓아 불러본다.

뚜벅뚜벅 책방 가는 길 / 세상에서 가장 아름다운 발걸음 / 우리 동네 책방에서 책을 사는 건 / 세상이 더 아름다워지는 것 / 동네에서 책 사요 / 로컬을 지켜요 / 동네책방이 좋아

노래처럼 그랬으면 좋겠다. 동네책방까지 뚜벅뚜벅 와서 책 한 권을 사는 아름다운 발걸음 덕분에 세상이 더 아름다워졌으면 한다.

매 순간 치열하게 사느라 너덜너덜해진 영혼으로 와도 좋다. 거친 언어와 통하지 않는 관계 속에서 상처만 남아 울고 싶을 때 와도 좋다. 엉엉 울고 갔으면 한다. 같이 울어 줄 수도 있고 자리를 비워줄 수도 있다. 책방 한구석에서 꺼이꺼이 울어도 아무도 뭐라 하지 않는 그곳이 동네책방이니까.

책방에 찾아가는 설렘 이상으로
다녀간 기분이 더 흥겨웠으면

사람을, 동네를 살리는 책방

어릴수록 우대합니다

자식 두 명을 키우면서 깨달은 건 어린이란 '사랑스럽지만 매우 성가신 존재'이기도 하다는 사실이다. 집에서야 성가시게 굴거나 버릇없이 굴면 야단도 치곤 하지만, 집 밖에 나와 어딘가를 데리고 다닐 때면 부모들은 모두 자신의 아이들이 예의 바르게 보이길 바란다. 하지만 아이들이 그런 부모 마음을 알 턱이 있나, 그저 집에서나 밖에서나 똑같은 게 아이들인데.

그럼에도 아이들을 예의 바르게 만들어주는 곳이 있다. 그곳은 바로 아이들에게 먼저 예의 바르게 대하는 어른들이 있는 곳이다. 이 생각은 특히 김소영 작가의 《어린이라는 세계》를 읽으면서 확고해졌다. 대접을 받아본 아이들이 남도, 자신도 대접할 줄 안다는 말에 고개를 끄덕였다.

부모를 따라서, 또는 할머니의 손을 잡고 책방을 찾아온 아이들에게 나는 먼저 다정하고 정중하게 인사를 건넨다.

"안녕? 엄마랑 책방 나들이 왔네요!"

그러면 아이들은 쑥스러워하면서도 "안녕하세요!"라고 인사를 받아준다.

"편히 앉아서 보세요. 대신 여기는 도서관이 아니고 새 책을 파는 책방이라 깨끗이 봐주면 좋겠어요. 그럴 수 있죠?"

이렇게 말하면 대부분의 아이들이 고개를 끄덕인다.

아이가 그림책을 고르는 데 집중할 수 있도록 나는 잠시 시선을 다른 곳에 둔다. 그림책을 한두 권 정도 골랐을 때 조용히 다가가서 말한다.

"오, 멋진 책을 골라 왔네요."

아이는 기분이 좋아지고 자존감이 +1 상승한다. 일단 본인이 고른 책을 스스로 살펴보게 놔두고, 글씨를 아직 읽지 못하는 아이들한테는 내가 직접 읽어주거나 부모가 읽어줄 수 있도록 돕는다. 그런 다음 아이가 좋아할 만한 그림책 몇 권을 골라 테이블 위에 놓아주며 말한다.

"이 책은 내가 한번 골라본 건데 봐줄래요? 나도 어린이가 아니라서 사실은 잘 몰라요. 먼저 살펴보고 책이 어떤지 말해 줄 수 있어요?"

이렇게 아이에게 작은 숙제를 던져준다. 그러면 아이는 가벼운 부담감을 갖고 그 책을 열심히 보면서 대답할 거리를 찾는다.

"재밌어요", "그저 그래요", "잘 모르겠어요" 등 다양한 대답이 들려오면 나는 "오~ 그랬군요, 대답해 줘서 고마워요"라고 답한다. 아이들은 나와 함께 그림책 이야기를 나누거나 그림 속에 들어 있는 웃긴 캐릭터를 찾아보면서 친구가 되어간다. 그동안 아이들의 부모는 어른들 책이 있는 서가로 가서 자신들이 볼 책을 둘러본다.

아이들의 방문에 유독 신경을 쓰는 이유는 이 작은 공간에서 그들이 만들어갈 추억 때문이다. 책방에서 스스로 책을 고르고 만나게 하는 것은 한 아이에게 책 세상을 열어주는 일이라 생각한다.

핸드폰과 미디어 매체에 책을 빼앗긴 채 일상을 살아가는 아이들. 그들에게 책과 관련된 소중한 경험을 만들어주는 일이야말로 후대에 길이 물려줄 범국가적 '문화유산'이 아닐까(크으~). 어쨌거나 아이들이 잘 익은 언어들이라는 책방에 와서 책과 연결되고, 다정함과 따뜻함에 재미까지 추가로 느낄 수 있다면 좋겠다.

두 번째, 세 번째 방문한 아이들에게는 더없이 반가운 척을 하며 관계를 이어나간다. 그러려면 아이들의 이름을 물어보고 잘 외워서 불러줘야 할 텐데 요즘은 책 이름도 가물거리니 걱정이긴 하다. 다음엔 책방 어린이 손님 전용 출석부라도 만들어서 꼭 이름을 불러줘야겠다.

책방이 좁다 보니 때론 대여섯 명만 있어도 산만해져서 아이들이 불편해할까 봐 조마조마했다. 그래서 이전한 새 책방에는 아이들이 잠시나마 편안하게 앉을 수 있도록 작은 공간을 만들었다. 높은 의자 대신 짚으로 만든 둥글납작한 쿠션을 두었는데, 아이들이 거기에 앉아서 그림책을 펼치는 모습이 너무나 사랑스럽다.

책방지기로서 더 욕심을 낸다면 이 아이들이 자라 청소년이 되고 어른이 되어서도 우리 책방에서 함께한 추억을 기억해 주었으면 하는 마음이다. 아마도 아이들이 혼자 책방에 올 만큼 자랐을 때는 내 머리가 희끗희끗해졌을지도 모르겠다. 그러나 언제나 잘 익은 언어들 책방지기는 모두와 친구가 될 자세를 갖추고 있으리라. 그러니 얘들아, 우리 또 만나자.

동네책방 아줌마랑 친구가 되자
책보다 더 재밌는 이야기를 들려줄게

그림책의 매력, 어린이의 품격

전주를 책방 여행의 도시로

지금에 와서 생각해 보니 전주 책방지기들과 함께 다녀온 여행은 '신의 한 수'였다. 코로나19가 시작되기 직전 다섯 개 책방이 무려 영국으로 런던 책방 투어를 다녀온 것이다. 2019년 11월, 전주사회혁신센터에서 진행하는 '사회혁신 해외연수 프로그램_지구별동대'를 통해서다.

1인 150만 원 이내로 항공료, 숙박비, 국내 교통비가 지원되는 이 프로그램의 취지는 참가자가 원하는 나라에 가서 사회혁신에 도움이 되는 과제를 수행하고 오는 것이었다.

사실 그동안에도 전주 책방들의 모임은 계속 있었지만 늘 책방을 운영하면서 느끼는 한계만 고민할 뿐 뭔가 지속점을 찾지 못해 답답했다. 그러던 차에 지구별동대 지원 사업은 우리에게 새로운 동력을 가져다주었다.

우리는 가까운 일본 책방을 탐방하는 것도 고민했으나 당시 일본 상품 불매운동이 시작된 상황. 그래서 유럽의 책방들 중 가장 역사가 깊고 이름난 책방들이 오밀조밀하게 모여 있다는 런던으로 장소를 정했다.

서점 카프카, 책방토닥토닥, 물결서사, 살림책방, 그리고 잘 익은 언어들까지 다섯 명의 책방지기는 각자 수행할 역할을 정하고 자료 조사를 마친 뒤, 지구 반대편의 런던으로 떠났다. 일주일이란 시간이 주어졌으나 비행기를 타는 시간이 이틀이나 되다 보니 실제 남은 시간은 더 빠듯했다.

우리는 5일간 거의 쉼 없이 런던의 책방들을 돌아다녔다. 가는 곳마다 매력 넘치는 책방의 모습을 보며 가보지 않은 책방에 대한 기대도 더욱 높아져 발길을 서둘렀다. 그 결과 우리는 약 스무 곳의 책방을 탐방할 수 있었다. 방문 책방별로 돌아보는 시간을 정해놓았는데, 볼거리가 많아 차마 발길을 떼기 힘들 정도였다. 책방에 갈 때마다 감탄사를 늘어놓느라 정신이 없었다.

런던에서는 우리가 가는 책방마다 많든 적든 손님들이 서가에 자리해 있었고, 지하철에서도 핸드폰을 보는 사람보다 신문이나 종이책을 들고 있는 사람이 더 많았다. 참으로 부러운 일상이었다. 거리에 책방이 넘쳐났음에도 책방별로 분위기가 다 달랐다는 점도, 손님들 덕분에 활기차 보인다는 점도 우리나라와 차이가 컸다.

우리는 다양하게 큐레이션한 서가를 지나다니면서 지향해야 할 책방의 모습에 대해 치열하게 고민했다. 각자 개성을 뽐내며 오랜 시간 살아남은 런던의 책방들은 우리 책방지기들의 몸과 마음을 움직였다. 우리는 런던에서 돌아와 보고서를 쓰면서 '전주 책방'의 브랜딩을 위해 함께 노력하자는 말로 의기투합했다.

하지만 난데없이 2020년 초에 나타난 코로나19는 우리의 모든 열정을 꺾어버리고 말았다. 비대면 강화 조치로 인해 동네책방을 비롯한 오프라인 서점은 온라인 서점에게 손님들을 빼앗겼고, 비합리적인 도서정가제 정책 논란은 책방들의 남은 기운마저 앗아갔다.

이런 상황들로 인해 속상한 마음은 다른 책방지기들도 마찬가지였다. 2020년 어느 봄날 저녁에 서점 카프카에서 에이커북스토어, 책방토닥토닥, 물결서사의 책방지기가 모여 정식으로 '네트워크'가 필요하다는 것에 의견을 모았고, 이 생각은 전주 책방 열 곳에 전해졌다. 책방들은 네트워크라는 이름으로 모이는 데 만장일치로 합의했고, 일은 일사천리로 진행되었다. 나는 또 어쩌다 전주동네책방네트워크 회장이 되었고 말이다.

우리는 2020년 5월 1일 전주시청 앞에서 전주동네책방 네트워크 발대식을 가졌다. 막상 네트워크라는 이름으로 하나가 되자, '연대 의식'이 생겨서인지 작은 일에도 덜덜 거렸던 마음이 조금씩 단단해졌다.

이후 우리는 외부 지원 없이 독자적으로 할 수 있는 재미난 일이 없을까를 고민했다. 그러던 중 문학상을 만들어보면 어떻겠냐는 서점 카프카 대표님의 제안에 '꽂히게' 되었다. 문학 전문 서점다운 발상이었다.

그 결과 국내 처음으로 책방이 주최하는 '전주동네책방 문학상'이 탄생했다. 제1회 전주동네책방문학상의 주제는

제1회 전주동네책방문학상 수상작품집

'그럼에도 불구하고'였다. 코로나19 시대임을 감안하여 우리가 겪어내고 극복해야 할 현실과 희망을 이야기하고 싶었다.

이 소박한 문학상에 접수된 작품은 놀랍게도 총 375편에 달한다. 심사를 맡은 전주 책방 일곱 곳의 책방지기들은 일주일 넘는 기간에 걸쳐 예선과 본선을 진행했다. 비록 전문가는 아니어도 마음에 와닿는 문장을 서로 낭독해가며 심사숙고한 끝에 수상작을 선정했다.

잘익은언어들상, 서점카프카상, 책방토닥토닥상, 살림책방상, 혁신책방_오래된새길상, 물결서사상, 에이커북스토어상. 이처럼 상 이름에도 책방 이름이 들어가고 상금도 너무 약소한 문학상이다.

그러나 수상자들의 소감을 보니, 이 문학상이 누군가에겐 다시 글을 써 내려갈 힘이 되었고 또 누군가에게는 지친 삶의 커다란 기쁨이 되었다고 한다. 책방지기들도 생업 시간을 쪼개가며 심사하느라 힘은 들었지만, 우리 역시 '그럼에도 불구하고' 문학상을 만들기 참 잘했다며 서로를 위로했다.

수상작은 텀블벅을 통해 책으로 만들어졌으며, 현재 전주동네책방네트워크에는 열두 곳의 책방이 함께하고 있다. 전주 책방들의 이름이 담긴 문학상이 누군가에게 힘이 될 수 있도록 우리의 연대는 계속될 것이다.

이제 전주 하면 한옥마을, 비빔밥뿐만 아니라 개성 넘치는 큐레이션으로 공간을 빛내고 있는 동네책방들도 함께 떠올려주면 좋겠다. 전주의 책방들만 돌아다녀도 아마 색다른 여행길이 될 테니까.

책방을 탐험하는 여행자는
항상 여행 이상의 것을 만나지

고양이

책방 앞
고양이 밥그릇
고양이 물그릇

도도하게 와서
슬쩍 먹고는
동네를 어슬렁

손님 없을 때는
그래도
가장
반가운 손님

3장

더 사랑하고 더 살아가리

책으로 하나 된 우리,
손잡아요

가끔 혼자서 저울질을 해본다. 1인 출판사가 나을까, 1인 책방이 나을까. 또는 글을 짓는 작가가 나을까.

모든 일이 하기 나름인지라 답을 내진 못하지만 혼자서 아등바등하는 처지가 어째 다 비슷해 보인다. 홀로 감당해야 하는 일들이 늘 예상 시간을 초과하는 것도 마찬가지일 듯하다. 나 같은 경우 책을 주문하는 시간을 따로 정해놓았음에도 손님들마다 주문하는 시간대가 다르다 보니 한밤중이건 새벽이건 추가로 주문 파일을 만들어 보내기도 한다.

솔직히 늦은 저녁에 "책 주문할게요"라는 문자 알림이

울리는 게 썩 달갑진 않지만, 온라인 서점 장바구니에 들어갔다가 나온 책이라고 생각하면 그 알림조차 고마운 것이다.

보통 1인 출판사에서 힘든 과정을 거쳐 책 한 권이 나오면 온·오프라인 홍보 마케팅은 물론 동네책방과의 교류 역시 출판사 대표의 몫이다. 인세와 거래 정산까지 척척 해내는 것을 보며 1인 출판사 대표는 아무나 하는 게 아니라는 생각도 든다. 어쨌거나 서로의 신세가 비슷해서일까, 동네책방과 1인 출판사의 관계는 유달리 끈끈한 경우가 많다.

한 예로, 그림책공작소라는 이름의 1인 출판사는 동네책방에 대한 애정이 각별하다.

2017년 잘 익은 언어들을 오픈하며 그림책 출판사 중 가장 먼저 인연을 맺은 곳이기도 하다. 그때 소개받으며 들었던 말이 그림책공작소의 그림책은 대형 서점보다 동네책방에서 더 많이 만날 수 있다는 얘기였다. 출판사 대표가 도매업체를 통하지 않고 모든 동네책방과 직거래한다는 설명도 들었다.

자식을 둘이나 키우는 출판사 대표가 그런 소신을 따질 때인가 싶다가도 보내온 택배 속에서 책과 함께 등장하는 초콜릿('힘내세요'와 하트가 그려진), 젤리('지칠 때 드세요'라고 쓰인), '사랑의 쪽지' 등을 보면 두 손 두 발 다 들고 만다. 심지어 동네책방에서 쓰라고 책 띠지를 제작해 보내질 않나, 책방 이름이 새겨진 명패를 보내질 않나….

이처럼 일일이 동네책방을 챙기는 수고를 마다하지 않는 그림책공작소 대표님과는 이제 거래처 관계를 넘어 '책을 만지는 사람들'이라는 동료 의식이 생겼다.

출판사뿐만 아니라 책을 짓는 작가들과의 교류 역시 책방지기의 중요한 역할 중 하나다. 좋은 글을 알아보고 서로를 응원하는 일은 작가가 지속적으로 글을 써나갈 수 있게 하는 작은 힘이 될 것이기에.

어느덧 책방 5년 차가 되니 직거래하는 1인 출판사도 꽤 늘었다. 그중 한 곳인 혜화1117의 이현화 대표가 쓴 《작은 출판사 차리는 법》을 보면 출판사나 책방이나 느끼는 마음이 꽤 비슷하다는 점을 알 수 있다.

이현화 대표는 1인 출판사를 운영하면서 '그리움'에 가까운 감정을 자주 느낀다고 말한다. 그 까닭은 실수를 해도 다독이고, 감싸주고, 위로해 주는 동료들과의 관계가 사라졌기 때문이라고.

이것은 1인 책방의 경우도 마찬가지다. 물론 인근의 책방지기나 전국동네책방네트워크 등의 연대를 통해 풀기도 하지만, 늘 관계에 대한 갈증이 있다. 그래서 거래하는 출판사들의 입장에 더 공감하고, 책방을 운영하며 겪는 힘든 일상도 함께 나누는 것이다. 그러고 나면 서로의 외로움과 그리움도 사그라져 다시 힘차게 내일을 향해 굴러갈 힘을 얻는다.

얼마 전 가수 이소라가 리메이크한 〈바람이 부네요〉라는 노래를 좋아한다. 재즈 피아니스트이자 작사가인 임인건의 노랫말 가운데서 특히 이 부분, "처음 태어난 이 별에서 사는 우리 손잡아요"라는 가사를 들을 때마다 심장이 크게 물결치곤 한다.

처음 태어난 이 별에서 책을 만지며 사는 우리는, 그리하여 더더욱 뜨겁게 손을 잡아야 한다.

마주 잡는 따뜻함들이 있어
혹한의 겨울에도 꽃이 피었네

종이산을 오르다

그날은 책방을 연 지 만 2년 되는 날이었다. 이른 아침부터 인근의 초등학교에서 아이들과 선생님이 단체로 책을 사러 왔다. 내가 그림책 몇 권을 읽어주고 나서 아이들은 각자 마음에 드는 책을 고르기 시작했다. 스무 명 가까이 되는 아이들이 좁은 책방에서 웅성대자 몸을 움직이기조차 쉽지 않았다.

그때 택배 기사님이 커다란 책 상자를 들고 왔고, 나는 그것을 잠시 문밖에 내놓았다. 아이들이 책을 한 권씩 고르고 단체 사진을 찍는 동안에도 상자의 존재를 까맣게 잊고 있었다. 아이들을 다 보내고 뒷정리를 할 때쯤에야 택배 상자가 생각나서 출입문 쪽을 바라보았다.

바로 문밖에 있어야 할 상자가 보이지 않았다. 안에 들여놓은 적이 없는데 감쪽같이 사라진 것이다. 책방 주변을 살피다가 근처의 전봇대 옆에서 누군가 버리고 간 노란색 밴딩끈 흔적을 발견했다. 사라진 상자에는 도매처에 약 60만 원을 선입금하고 구입한 책들이 가득 들어 있었다.

도대체, 누가, 왜, 가져갔단 말인가! 혹시나 해서 책방 앞에 주차되어 있는 차의 블랙박스를 확인해 보려니 작동이 안 된단다. 다행히 책방 건너편에 있는 농협 주차장의 CCTV가 생각났고, 농협 직원의 도움으로 화면을 확인할 수 있었다.

CCTV에는 폐지를 모으는 아저씨가 책방 앞에 리어카를 대고 상자째 싣고 가는 장면이 또렷하게 찍혀 있었다. 내가 초등학생들과 안에 있을 때였다. 밖에 놔두어서 버리는 상자로 오해했다고 말할 수도 있겠지만, 택배 포장도 뜯지 않은 새 상자였는데…. 기가 막혔다.

일단 리어카 아저씨가 움직이고 1시간도 채 안 되었기 때문에 동네를 돌아다니면 만날 수 있을 것 같았다. 나는 차를 타고 천천히 책방 주변 골목을 돌았다. 그러나 아저씨는 보이지 않았다. 책방 건너편에서 가게를 하는 친구에게 전화해서 그 아저씨가 지나가면 꼭 붙잡아 달라고 말해 놓았다.

혹시 몰라 동사무소에 연락을 하니, 리어카 아저씨가 누군지는 알겠지만 담당자가 부재중이라 도울 수 없다는 답변이 돌아왔다. 옆 가게 사장님이 나에게 경찰에 신고하는 게 가장 빠른 방법이라고 일러주었다. 결국 112에 전화를 했고 인근 파출소에서 경찰 두 명이 책방으로 왔다.

이것저것 조사에 응한 후 경찰차를 탔다. 경찰차 뒷좌석에는 안에서 문을 여는 손잡이가 없다는 사실을 처음 알았다. 경찰차를 타고서도 일단 동네를 순찰하는 것 외에는 방법이 없었다.

그러다가 비슷한 리어카를 끄는 사람을 만나 물어보니, 상자를 가져간 아저씨가 근처 고물상에 1차로 쏟아붓고 이동 중일지도 모른다고 했다. 그 말을 듣고 근처 고물상에 전화를 걸었으나 받지 않아서 직접 가보기로 했다.

책방에서 얼마 떨어지지 않은 곳에 위치한 고물상을 찾

아냈다. 혹시나 해서 안으로 들어가 보았다. 고물상에는 두 개의 산더미가 있었는데, 하나는 폐지였고 하나는 고철이었다. 폐지들이 있는 쪽으로 가서 이리저리 살피다가 두 눈을 의심하기 시작했다. 어마어마한 종이와 책 더미 사이로 내가 주문한 새 책들이 보였던 것이다.

"여기 있어요! 여기! 주문한 책들이 있어요!"

나는 이렇게 외치고 '종이산'을 올랐다. 오르면 오를수록 나의 책들이 눈에 더 잘 들어왔다. 이럴 수가. 새 책들을 상자째 부어버린 모양이다.

일단 손에 잡힌 책들부터 나르기 시작했다. 아래에 책을 가져다 두면 다시 네다섯 걸음을 미끄러지지 않게 조심하며 종이산을 타고 올라야 했다. 그래서 최대한 두 손을 무겁게 만든 뒤 내려갔다. 비닐 포장이 그대로인 새 책들도 여기저기에 떨어져 있었다.

경찰 한 분이 도와주러 올라왔다. "이거 맞아요?", "이 책 맞아요?" 하면서 책을 집어 보여주는데 반은 맞고 반은 아니었다. 그제야 나는 얼마나 '새 책 같은 책'이 많이 버려지는지도 알게 되었다. 이곳에는 깨끗한 책들도 가득했던 것

이다. 빳빳한 표지의 풀지 않은 참고서가 한 다발씩 나뒹
굴었고, 꽤 유명한 그림책도 깨끗한 표지를 유지한 채 버
려져 있었다. 택배 상자에서 새 책들이 튀어나왔어도 의심
없이 버렸을 법한 리어카 아저씨의 모습이 떠올랐다.

책들의 운명을, 책들의 마지막을 보는 듯해 기분이 썩
좋지 않았다. 하마터면 내 귀한 책들도 이 속에 파묻혀 운
명할 뻔했잖은가. 책 중에서 가장 슬픈 책은 아무도 펼쳐
주지 않은 책이건만. 책이 세상에 태어났다면 그저 몇 페
이지라도 넘겨주는 게 책에 대한 예의란 생각이 들었다.
종이산 정상에서 그나마 얻은 깨달음이다.

다시금 허리를 굽혀 내 책들을 찾는다. 몇 권의 책은 모
서리가 구겨지고 더럽혀져서 내가 가질 요량으로 챙겼다.
속상했지만 어쩔 수 없었다. 땀을 뻘뻘 흘리며 대략 주문
한 책들을 찾고 나서 경찰에게 이야기했다. 경찰은 나보다
더 오래 책 더미 위에서 헤매더니 깨끗한 책 두 권을 들고
내려왔다.

"이거 책방 책 아니죠?"

내가 주문한 책은 아니라고 하자 경찰이 말했다.

"이거 내가 좀 읽어도 되려나?"

그 책은 엄연히 고물상 소유이므로 경찰도 가져가면 절도라는 생각이 들었다.

"안 되죠! 사서 보세요. 저에게 주문하셔도 됩니다."

경찰이 멋쩍은 듯 웃었다.

고물상 주인은 폐지를 모으는 아저씨가 글을 잘 몰라서 새 책인지 헌책인지 구분하지 못했을 거라며, 경찰에게 선처를 부탁했다. 나는 하루 종일 고생한 것을 생각하면 억울했지만, 다리를 절룩이며 무거운 상자들을 옮기고 다니는 아저씨를 생각해서 선처해 주기로 했다.

시계를 보니 오후 3시였다. 점심도 먹지 못한 채 오후가 다 지나간 것이다. 일이 마무리되고 나니 그제야 배고픔을 느꼈다.

책방으로 돌아와 한숨 돌리는데, 단골손님인 란주 샘이 놀란 토끼눈을 한 채 들어왔다. 한 손엔 케이크, 한 손엔 꽃다발이 들려 있었다.

"사장님, 왜 경찰이 있다 나가요? 무슨 일 있었어요?"

란주 샘에게 사진 한 컷을 내보였다. 내가 드높은 종이산 위에서 책을 찾아 헤매는 뒷모습을 경찰이 촬영해 보내 준 것이다. 얼마나 허리를 굽히며 찾았는지 허리께 맨살까지 다 보였다.

고물상에 '출장' 다녀온 책들을 란주 샘과 둘이서 한 번씩 닦았다. 다행히 험한 데 있다 온 티가 나지는 않았다. 특히 단단하게 비닐 포장이 된 책은 아주 멀쩡했다.

"아니, 오늘 책방 2주년 생일인데 이게 무슨 날벼락이래요. 책방이 얼마나 잘되려고 이러는지 원! 점심은 드셨어요? 우리끼리라도 촛불 불고 케이크 먹어요."

란주 샘이 잘라 준 달콤한 케이크를 혀 안쪽으로 밀어넣었다. 달콤 쌉싸름했다. 하루가 참 길었다.

가을 오후의 어느 고물상, 높이 솟은 종이산 위를 비추는 햇살 사이로 반짝반짝 빛나던 내 책들. 쉬이 잊을 수 없을 듯하다. 그 옆에서 여전히 총명하게 반짝이던 다른 책들도. 누군가의 서재에 꽂혀 있었던 그 당당함까지는 잃지 말라고 속삭여주고 싶었는데, 고물상을 나오면서 경황이 없어 작별 인사도 못 했다.

SNS에 올릴 만한 '사건'이었지만, 책방 안의 책들이 '고물상에 다녀온 책'이라는 오명을 쓸까 봐 참았다. 그러나 이제는 말할 수 있다. 비록 잠시 몇 권의 책들이 출장을 갔었지만 더 깊은 경험을 품고 제자리로 잘 돌아왔다고. 덕분에 책방지기는 또 한 뼘 더 깊게 잘 익어갔다고.

읽어야 비로소 책이다
아무도 읽어주지 않는 책의 슬픔

잘 익은 언어들이
책을 고르는 법

책방에 무엇을 담을 것인가? 어떤 책방이 될 것인가? 책방 오픈 전 가장 많이 고민했던 부분이다.

작은 책방일수록 명확한 콘셉트를 담는 게 좋다는 것은 알았다. 광고에서도 콘셉트가 제일 중요하듯 무엇을 말할 것인지가 명확해야 했다.

예를 들어 대전의 우분투북스는 우리 책방 오픈에 큰 도움을 준 멘토 책방으로, 건강한 삶과 책을 연결시킨 거의 최초의 책방이 아닌가 싶다.

우분투북스의 이용주 대표님은 "책과 건강한 먹거리로 도시와 농촌을 잇는 책방"이라는 슬로건 아래 건강한 먹거리와 책을 함께 큐레이션하여 테이블 위에 두기도 하고, 몸과 마음의 건강을 위한 책들을 선별해 두기도 한다. 진한 초록색 간판과 출입문, 그리고 아프리카 반투족의 언어인 '우분투(네가 있기에 내가 있다)'라는 공동체 정신이 들어간 이름까지, 책방 전체가 '건강한 삶을 함께 산다'는 콘셉트에 맞게 잘 정돈되어 있다. 가끔 이용주 대표님이 행사 때 매는 초록색 넥타이까지 말이다.

작은 책방일수록 정체성이 뚜렷한 곳들이 많다. 과학자가 운영하는 과학책방, 시인이 운영하는 시 전문 책방, 청소년을 위한 인문서점, 그림책만 전문으로 하는 책방. 또 구하기 힘든 예술서적만 취급하는 곳, 식물책방, 추리소설만 가져다 둔 곳 등, 이제는 책방들이 점점 세분되어 각기 차별화된 큐레이션으로 승부한다.

그럼 우리 책방은 어떤 큐레이션으로 승부를 봐야 하는가. 나는 먼저 내 방 서가에 꽂힌 책들을 살펴보았다. 하나하나 찬찬히 객관적인 시선으로 보려고 노력했다. 한 사람의 서가를 보면 대충 그 사람이 파악된다고 하는데 솔직히 나는 종잡을 수 없었다.

책 읽는 취향마저 참으로 산만했다. 문학, 비문학, 철학, 코믹만화, 성인만화(거꾸로 꽂아둔 건 뭐냐, 애들 볼까 봐 그런 듯한데, 더 눈에 잘 들어오더라), 그림책, 동화, 동시집, 잡지 등 눈에 걸리는 대로, 마음 내키는 대로 산 듯했다.

몇 년 전쯤 컬러판으로 나온 6권짜리 《캔디 캔디》 만화책을 소장하고 있는가 하면, 이무석 교수의 《정신분석에로의 초대》도 가지고 있다. 왠지 읽어야 할 것만 같아서 산 《자본론》과 《공산당 선언》은 여전히 읽다가 만 상태다.

문학동네 동시집은 수집하듯 모았고, 감동받은 동화책은 버리지 않고 소장한다. 누군가의 서평을 훔쳐보다 읽겠다고 사둔 고전들에는 먼지가 수북하다. 최근엔 《어린 왕자》의 경상도 사투리 버전인 《애린 왕자》가 나오자마자 '이런 건 사야 해!'라며 사두곤 아직 읽어보지도 못했다. 이런 나의 책 취향은 그때그때 입맛에 당기는 음식을 찾아 먹는 사람 같았다.

그럼에도 서가를 탐색하다가 특이점을 찾긴 했다. 누구나 제목만 들으면 알 만한 베스트셀러가 거의 보이지 않았던 것이다. 스테디셀러와 베스트셀러는 다르듯이 한 시절

동안 유행처럼 왔다가 사라지는 베스트셀러에는 손이 가지 않았다. 그런 책들은 도서관에서 슬쩍 살펴보거나 미용실 같은 데 꽂혀 있으면 한 번씩 읽어보는 것으로 끝냈던 것 같다. 또 다른 특이점은 광고와 관련해서다. 대학 시절부터 지금까지 카피 쓰면서 도움이 될까 싶어 사둔 다양한 마케팅과 브랜딩 관련 책, 문장을 모아둔 책들도 눈에 들어왔다.

자, 그렇다면 책방 '잘 익은 언어들' 안엔 어떤 책들을 꽂아두어야 할까. 일단 도저히 내 취향으로는 한 분야의 전문 책방이 되기는 어려워 보였다. 다양함을 담되, 그 속에서 차별화된 큐레이션을 진행하기로 했다.

또한 책방의 위치가 대학가나 유동 인구가 많은 곳이 아닌 동네 상가의 뒷골목인지라, 누구나 왔을 때 편안하게 책을 고를 수 있는 책방이었으면 했다. 그리하여 잘 익은 언어들은 하나의 전문적인 색깔을 띠기보다는 '위로와 공감의 책방'으로 콘셉트를 잡아나갔다.

2017년 책방을 오픈하면서 전면 유리창에 써 붙인 소개 글은 다음과 같다.

설익고 섣부른 언어들은

누군가에게 상처가 되기도 하지만

성숙하고 깊은 생각에서 나오는

언어들은 누군가를 위로하고

다시 일어서게 하는 힘이 있습니다

'잘 익은 언어들'은

그 위대한 언어들의 힘을 알기에

한 문장, 한 문장

잘 익은 글들을

당신께 전하고자 합니다

　책방의 책꽂이는 몇 개 되지 않았지만 서가의 단을 나누어 큐레이션을 진행했다. 시대를 뛰어넘어 오랫동안 사랑받고 있는 고전 코너, 힘든 세상을 헤쳐나갈 용기와 힘을 주는 따뜻한 에세이, 자연과 지구를 사랑하는 책들, 시대를 제대로 보는 눈을 만들어줄 사회·인문학 서적, 그리고 여행과 취미 서적, 페미니즘 코너, 청년들을 위한 추천 코너, 글쓰기에 관한 책만 모아둔 코너, 책과 책방에 관한 책들, 아이들과 어른들이 사랑하는 그림책까지.

광고쟁이가 하는 책방치고는 일반적일 수 있으나 나는 내 마음 가는 대로 하기로 했다. 오히려 너무 차별화를 의식하며 책방을 준비하다가는 중심 잡기 힘들겠다는 생각이 들었다. 타인의 눈을 의식하는 것도 버렸다. 내가 원하고, 동네 사람들이 원하는 책방의 모습은 어떤 것일까에 마음을 기울였다.

그래서 마침내 '산만하지만 나름 정리된' 큐레이션을 마쳤다. 다행히도 책방을 찾은 손님들은 칸칸이 작게 구분된 책 분류를 꽤 좋아해 주었고, 책방의 따뜻하고 편안한 분위기에 대해서도 만족스러워했다. 특히나 시간이 흐를수록 책이 쌓이고 어수선해지는 책방을 "편안함의 극치"라거나 "우리 집 같다"라는 식으로, 칭찬인지 욕인지 모르게 표현하는 것을 들으며 마음이 놓였다. 나는 그저 그 말을 믿고 고개를 끄덕일 뿐이었다.

이렇게 시작한 책방은 해가 지날수록 손님과 함께 변화해 갔다. 단골손님들이 추천하는 책이 꽂혔고, 나 역시 그런 변화들을 수용했다. 내가 고른 책과 손님들이 추천한 책이 고루 섞이면서 책방의 서가는 더욱 다양한 빛을 발했다.

　누군가는 책방지기가 소신도 없냐고 말할지 모르나 나는 이것이 우리 책방의 장점이라 생각한다. 그렇다고 무조건 손님들의 추천을 받아들이는 건 아니라서 책방의 콘셉트가 바뀌거나 하지는 않는다. 늘 변화가 이뤄지다 보니 손님들과 나는 결코 지루할 틈이 없다. 책방을 위한 '찐단골들'의 애정 어린 추천, 이거야말로 잘 익은 언어들의 공공연한 영업 비밀인 셈이다.

나에게 맞는 책을 찾아 나서는 길
책과 밀당하며 진짜 독자가 되어간다

'위로와 공감의 책방' 서가(위 시즌 1, 아래 시즌 2)

내일은 내일의 책이 떠오를 테니

2021년 봄, 책방에 책이 너무 많이 쌓였다.

코로나19로 손님들의 발길은 뜸한데 신간들은 계속 나오고, 그렇다고 있는 재고만으로 장사할 자신도 없어서 없는 돈까지 빌려가며 신간을 입고했다.

'조금 지나면 나아지려나, 나아지겠지, 나아져야 할 텐데, 안 나아지면 안 되는데… 곧 나아지겠지.'

이렇게 생각하면서 입고한 책들이 의자까지 점령하여 수북이 쌓여가는 걸 본 후에야 나의 책 입고 방식이 정말 잘못되었음을 깨달았다.

예를 들어 몽테뉴를 재해석한 슈테판 츠바이크의 《위로

하는 정신》을 보면 몽테뉴에게 관심을 갖지 않을 수가 없다. 그러면 어느새 장바구니 속 입고 목록엔 몽테뉴의 《수상록》과 슈테판 츠바이크 관련 책들이 가득 들어 있다. 허연 작가가 쓴 《고전 여행자의 책》을 보면서는 플라톤의 《국가론》을 시작으로 줄줄이 그가 읽어낸 고전들이 장바구니에 담긴다.

물론 이처럼 연관 도서를 함께 읽는 독서 습관은 매우 훌륭하다고 생각하지만 책방지기의 기준은 달라야 했다. 읽지도 않을 거면서 일단 사두기만 한 책들이 집 안 가득 꽂혀 있는 것과는 차원이 다른 문제였으니.

작년에는 《그리스인 조르바》를 다시 읽고 좋아서 출판사별로 나온 조르바를 다 입고했다. 그 책들은 책방에 여전히 쌓여 있다.

책들을 들여놓을 때는 모두 팔 것 같지만 결과는 그렇지 못함을 이제는 안다. 그러니 내가 읽고 싶고 팔고 싶은 책 중에서도 신중하게 선택해야 한다.

책방 운영 5년 차에 접어들며 내가 사회 · 인문학 서적에 꽤 관심이 많다는 사실을, 그래서 그 분야의 책들이 점점 늘어나고 있음을 알았다. 그러다 보니 다른 분야에서는 내 안테나를 벗어난 책들이 많아졌다. 가끔 SNS에서 한창 트렌디하게 올라오는 책들을 찾는 손님들이 "어머, 사장님 그 책 몰라요? 요즘 엄청 핫한데"라고 말하면, 그제야 검색해 보곤 "아, 그렇군요" 하며 머리를 긁적거린다.

어쩔 수 없다. 나의 안테나에 잡히지 않은 책들에 대해서는 반은 포기하고 넘어간다. 모두를 만족시킬 수도 없고, 작은 책방에 모든 책을 가져다 둘 수도 없다. 또 다행인 건 5년 차가 되자, 손님들의 모든 얘기에 흔들리던 나에게도 흔들리지 않는 무언가가 생겼다.

몽테뉴는 세상에서 가장 중요한 것은 어떻게 하면 내가 정말 나다워질 수 있는지 아는 것이라고 했다. 책방을 운영하면서 제일 많이 고민하는 지점이다. 어떻게 하면 '잘 익은 언어들'이 가장 '잘 익은 언어들'다워지는가.

책방도 그저 책방지기인 내가 가진 에너지만큼, 내 그릇만큼을 담아낼 뿐이라 생각한다. 때때로 이렇게 책이 쌓이는 것도, 실수가 잦고 모자란 것도 모두 나다. 그럼에도 내가 담아둔 이 공간에서 누군가는 '인생 추억'과 함께 '인생 책'을 만났으면 한다.

매일 새로운 책들이 태어난다. 그 책들을 다 살펴볼 수는 없다. 하지만 수많은 책들 속에서도 눈에 걸리는 운명 같은 책은 꼭 있게 마련이다. 나는 그것을 찾고 발견하는 사람이다. 그 발견은 나의 삶 속에서 이뤄진다.

책 속에서 발견하는 책이 아니라, 삶 속에서 발견하는 책. 내가 하루를 어떤 마음으로 살아가는지에 따라, 누구를 만나고 어떤 일상을 사는지에 따라 발견하는 책은 달라진다. 그래서 나부터 잘 살아내야 한다. 내가 먼저 용기를 내고, 내가 먼저 희망을 이야기하고 남을 돕는 삶을 살 때 이 모든 것이 책과 연결된다.

겁먹지 말자. 나는 할 수 있다.

내일은 내일의 책이 떠오를 테니!

책이 삶을 닮아가는 것도
재밌지 않겠어요?

책방 시즌 2 유리창엔 특별한 문장들이…

누군가를 바라보는 법

때는 바야흐로 1998년(갑자기 옛날이야기?), IMF 사태로 경제 위기를 맞아 우리 국민들이 장롱 이불 속 금반지까지 털어 나라를 구했던 시기. 나는 가족과 친구 그리고 지인들의 반대에도 불구하고, 자본주의가 무너진 대한민국에서 자본주의의 꽃이라 불리는 '광고'를 만드는 카피라이터가 되겠다며 전 재산 40만 원을 들고 상경했다.

당시 상황에서 내가 머물 수 있는 공간으로는 '고시원'이 가장 저렴하고 안전했다. 그러면서도 왠지 강남에 있어야 강남 쪽 광고회사에 취직할 것 같다는 이상하고 단순한 생각이 들어, 고시원도 강남 한복판에 잡았다.

서울 강남 제일생명사거리(현 교보타워사거리) 대로변에 위치한 행운여성미니텔, 이름은 미니텔이지만 실제로는 고시원이었다. 여성 전용이라 그나마 딸을 서울에 보낸 아버지가 조금은 안심하셨던 곳이다. 물론 지금은 사라진 지 오래다.

그곳의 안주인이었던 50대 원장님은 내가 그동안 알아온 중년 여성들 중 가장 우아하고 아름다웠다. 늘 홈드레스라고 하는 긴 원피스를 입었고, 머리도 보통 파마가 아닌 헤어롤을 말아서 자연스러운 컬을 유지하는 등, 고시원이라는 공간에서 보기 드문 스타일이었다. 나중에 알고 보니 자녀들의 해외 유학비에 보태려고 고시원을 운영한 것이었다.

어쨌거나 원장님은 불편해 보이는 홈드레스를 입고도 더없이 깔끔하게 고시원을 관리했다. 또한 고시원에 머무르는 한 명 한 명에게 관심을 보였는데, 특히 전주에서 올라와 취직하기 위해 고군분투하는 나를 딸처럼 잘 대해주셨다.

예를 들어 내가 빨래를 해서 옥상에 널면 개켜서 방 안으로 넣어주는 것은 기본, 책을 읽거나 공부를 하고 있으면 흐뭇해하며 칭찬도 해주셨다. 여름엔 더워서 방문을 열어두었는데, 나는 원장님께 잘 보이고 싶은 마음에 더 열심히 공부하는 척을 하기도 했다. 이렇듯 누군가가 기분 좋게 바라봐 주는 일은 내 안에 숨어 있던 동력까지 끌어내어 나를 변화시켰다.

웬만하면 저녁엔 일찍 들어오려고 노력했고, 고시원 방도 정리·정돈하려고 애썼다. 원장님의 관심 덕분에 서울살이의 외로움도 조금 줄어들었다. 내가 만약 〈TV는 사랑을 싣고〉에 나간다면 그 시절의 원장님을 꼭 만나고 싶다.

20여 년 전 그때처럼, 나는 지금 책방을 하면서도 누군가가 좋게 바라봐 주는 눈빛이 나의 없던 힘까지 끌어낸다는 사실을 경험하곤 한다.

그것이 비록 SNS에서의 응원 댓글일지라도 그 작은 응원이 생각보다 큰 원동력이 되어주는 것이다. "대표님, 힘내세요!", "몸 챙기세요!", "곧 놀러 갈게요!", "책 추천 감사드려요!" 등의 댓글은 책방을 굴러가게 하는 힘이자, 나를 관종으로 만드는 못되고도 고마운 존재다.

아주 가끔은 반대의 시선을 경험하기도 한다. '어디 잘 되나 두고 보자!' 또는 '저러다 병난다!'라든지. 그러나 부정적인 시선들도 관종에게는 역시나 동력이 된다. 망하지 않기 위해 아이디어를 짜고, 병나지 않기 위해 마음을 다스린다. 그러니 책방에 영혼을 갈아 넣고 있는 책방지기를 그냥 좀 좋게 봐주시라.

아무튼 누군가의 열정을 인정하고 순수하게 봐주는 일은 소중하다. 상대가 지치지 않고 나아갈 수 있는 판을 깔아주는 일이기도 하다. 따라서 무언의 동력이 되는 따뜻한 시선은 그 자체로 감히 숭고하다고 말하고 싶다. 누군가를 사심 없이 응원하는 일은 그 사람을 '살게' 하는 기적을 불러일으킬 테니.

사람을 믿기 힘든 세상이지만
그래도 다시 한번

나는 사랑을 해보기나 했을까

부부가 둘 다 연극을 전공했다고 한다. 하지만 아내는 작가로서 여러 권의 책을 냈고, 프랑스 문학의 거장 아니 에르노의 책들을 번역하기도 했다. 세련된 느낌의 짧은 커트 머리가 잘 어울리는 그녀가 프랑스에서 살다 온 것만도 낯선데, 프랑스인 남편까지 동행한 채 책방에 왔다. 신유진 작가와 남편 마르땅 씨다.

"봉주르!"

나는 인사말을 건넸다. 고등학교 때 배우고 한 번도 쓸 일이 없었던 프랑스어 중 유일하게 자신 있는 말이다. (물론 프랑스어 안 배운 사람도 다 안다.)

"안녕하세요!"

남편인 마르땅 씨가 유쾌하게 웃으며 인사했다. (앗, 나도 한국어로 할걸.)

신유진 작가는 오랜 프랑스 생활을 접고 남편과 함께 귀국해 전주에서 살기로 했다고 한다. 이미 작가와 번역가로서 꽤 많은 책을 낸 그녀에게 나는 뒤늦게 빠져들었다.

파리에 대한 새로운 이미지도 어설프게나마 머릿속에 심어졌다. 늘 보아온 에펠탑 배경의 초록빛 잔디 신(scene)이 아니라 겨울비 내리는 파리 골목 어딘가를 걷는다든지, 약간 조명이 어두운 카페에서 에스프레소 잔을 들고 담배 한 모금을 깊이 빨아들인달지. 그녀의 책을 통해 남몰래 파리로 여행을 다녀온 기분마저 들었다.

어느 날, 이 파리지앵 부부가 나와 몇몇 친구들을 저녁 식사에 초대했다. 마르땅 씨가 직접 구운 파운드케이크와 프랑스에서 갓 도착한 발효 소시지 '소시송', 그리고 진한 감자수프와 스파게티, 토마토 사이에 다진 고기를 넣은 오븐 요리…. 정성스러운 음식과 와인이 은은한 조명 아래 놓여 있었다. 거기에 향초까지 켜니 고급 프랑스 식당이라도 온 듯했다.

신유진 작가에게 "마르땅 씨는 요즘 어떻게 지내요?"라고 묻자, 그녀는 걱정했던 것보다 남편이 행복한 일상을 보내고 있다고 대답했다. 그리고 '인생은 마르땅처럼'이라는 생각이 들 만큼 남편의 긍정 마인드에 자신도 마음이 놓인다고 덧붙였다.

언젠가 신유진 작가가 인스타그램에 마르땅 씨에 대해 쓴 글을 곱씹어 읽은 적이 있다.

> 그는 대략 10시간을 잔다.
> 잠이 너무 잘 온다고 한다.
> 밥을 세 끼 먹는다.
> 밥이 너무 맛있다고 한다.
> 그는 운이 좋다.
> 자신에게 온 좋은 운을 두려움 없이 잡는다.
> 그는 자신과 나의 행복을 묻는다.
> 그는 만족할 줄 안다.
> "이 정도면 좋아"라고 말한다.

그는 칭찬할 줄 안다.

무엇보다 자신을.

순수하게 좋아하는 것을 즐길 줄 안다.

잘하고자 하는 욕심이 없다.

#마르땅말레 #행복론

마르땅 씨는 작은 것에도 만족할 줄 아는 사람이었고, 연극에서 어떤 역할이 주어져도 최선을 다하는 배우였다. 그리고 신유진 작가가 쓴 책에서 본 마르땅 씨는 매우 유식하지만 본인은 유식한 줄 모르는 사람이었다.

그런 마르땅 씨를 알아본 신유진 작가도 멋졌지만, 그녀 앞에서 순수한 소년처럼 변하는 마르땅 씨에게도 국경을 초월한 친근함을 느꼈다. 거기에는 짧은 한국어 실력으로 "맛있어요!", "재밌어요!", "좋아요!"라고 해주는 그의 리액션도 한몫했다.

신유진 작가가 프랑스 파리의 카페 이야기를 적어놓은 《몽 카페》라는 책에도 마르땅 씨와 만나게 된 이야기가 나온다.

그는 한참을 떠들더니 '자신의 마음'을 이야기한다. 마음을 잘 돌볼 수 있다고. 희한한 고백이다. 내가 잘못 알아들은 건가? 그러나 오역이어도 상관없다. 내 마음이 아니라 자기 마음을 돌본다니… 더 좋다. 자기 마음을 어쩌지 못해서 나를 괴롭히는, 내 마음을 어쩌지 못해 그를 괴롭히는 관계에 지쳤다. 각자 서로의 마음만 잘 돌봐도 이 사랑은 성공할지 모른다는 희망 같은 것이 생겼다.

— 신유진, 《몽 카페》(시간의흐름, 2021) 중에서

"마음을 잘 돌볼 수 있다"라는 문장에 한참 시선이 머물렀다. 자신을 잘 돌볼 줄 아는 사람이 남도 잘 돌본다는 말. 나는 과연 그동안 스스로를 잘 돌보려 했는가부터 떠올렸다. 아니, 아니, 본능적으로 고개를 가로저었다. 나는 내 마음을 돌보지 않고 남 탓만 하며 싸우려 들던 사람이었다. 내 마음이 이렇게 아프고 어지러운 건 다 네 탓이야, 하면서 증오만 키웠던 것이다. 그런 마음 상태로는 다른 사람의 마음 역시 들여다볼 수 없었던 게 당연하고.

'마르땅 씨는 참, 현명한 사람이구나.'

나도 이제는 살면서 불쑥불쑥 찾아오는 힘든 마음을 잘 돌보는 사람이고 싶다. 먼저 내 마음부터 잘 돌보면 우리 아이들의 마음도 잘 들여다볼 여유가 생길 것이다. '인생은 마르땅처럼'이 괜한 말이 아니다.

사랑은 결코 뜨겁기만 한 것이 아니라, 각자 원하는 걸 하며 살 수 있도록 응원하고 간격을 유지하는 것임을 다시 한번 깨닫는다. 그 간격이 있기에 서로가 더 다정한 말을 주고받으며 더 애틋해질 수 있음을.

쿨하지 못했던 나의 사랑을 생각한다. 내 마음도, 그의 마음도 돌보지 못했던 어리석은 사랑을 추억한다. 이제는 나도 누군가에게 더 다정한 사람이고 싶다. 그가 더 다정해질 수 있도록. 서로의 간격을 침범하지 않는 적당한 쿨함 사이에서.

있는 그대로의 모습을 좋아해 주는 것
작고 사소한 그 어떤 것까지도

고마워요,
착하게 살아도 괜찮다고 해줘서

이지선. 지혜 지(智), 착할 선(善). 참 흔한 이름이다. 이름 때문에 딱히 놀림을 받은 적은 없지만, 몇 번인가 이름을 바꿔보고 싶었다. 마냥 착한 게 좋은 건 아님을 깨닫고부터다. 영악하지 못하고 순진하며 조금은 어리숙한 사람, 그리고 남에게 해야 할 말을 제대로 못 하고 참는다든지 지고만 사는 사람에게 흔히 하는 말. "착해서 그래."

'착하다'라는 말이 품고 있는 다양한 의미 앞에서 나는 기분이 좋기보다 상처를 받곤 했다. 그래서였을까. 갈수록 이 말에 생채기를 내고 싶어서 일부러 타인에게 상처 주는 센 말을 하기도 하고, 참는 것이 미덕이 아니라며 무모함

인지 용기인지 모를 말실수를 하기도 했다.

수신지 작가의 만화 《며느라기》에도 착함과 관련된 이야기가 나온다. 명절에 시댁의 불합리한 상황과 마주친 큰며느리는 "저는 이만 가보겠습니다"라며 할 말을 똑 부러지게 하고 사라진다. 그러자 아직 결혼 전인 시동생(남자 주인공)은 당황해하는 엄마에게 속으로 이렇게 말한다.

'엄마, 이제 명절에 좀 나아질 거야. 사린이는 다를 거야. 사린이는 착한 애니까.'

착하다는 건 뭘까. 다른 사람을 배려하는 차원에서의 착함일 텐데 《며느라기》의 경우 착한 남편도, 착한 며느리도 '희생'이라는 전제를 깔고 있으니 '착하다'라는 형용사가 참 애처롭기도 하다. 나에겐 특히나 이 착함이라는 단어를 싫어하게 만든 계기가 두 번 있었다.

첫 번째는 광고 대행사에 다닐 때의 일이다.

내 카피를 본 CD님이 한마디 했다.

"카피가 너무 착해."

말인즉슨 카피가 임팩트 없이 너무 밋밋하다는, 즉 다시 쓰라는 얘기다. 돌아 나오려는데 뒤쪽에서 한마디가 더 들려왔다.

"사람 착한 것은 괜찮은데, 카피는 착하면 안 돼!"

"네….."

자리에 돌아온 나는 달아오른 얼굴로 내가 쓴 카피를 노려보았다.

'착한 거 싫어. 사람이 착한 것도 싫고, 다 싫어!'

그다음부터는 카피를 쓰고 나서 늘 생각했다.

'이 정도면 착하다고는 안 하겠지?'

나는 좀 더 강렬한 카피를 쓰기 위해 노력했고, 착한 카피로부터 벗어나고자 애썼다. 그때의 '착한 카피 논란'은 나를 한 단계 더 성장시켰지만, '착함'에 대한 반감도 갖게 했다.

두 번째 사건.

전주에 내려와서 2년간 '독서논술' 수업을 진행했다. 우리 집 거실에서 하니 월세 부담이 없어 수업료를 낮게 책정해서였을까. 경험 없는 나에게 초반부터 약 스무 명이나 되는 아이들이 배우러 왔고, 나는 최선을 다해 가르쳤다.

그런데 2년 즈음이 되자 사춘기에 접어든 아이들이 점점 버거워졌다. 어느 날 몇몇 엄마들이 수업하는 것을 좀 보고 싶다고 해서 옆방을 내어주고 평소처럼 수업을 진행했다. 그러나 옆방에 '엄마들'이 있다는 사실 때문인지 아이들이 평소보다 더 말을 듣지 않았다.

책을 읽으라고 시키면 "배고파서 못 읽겠어요!", "읽기 싫어요!"라며 떼를 썼다. 심지어 "선생님, 간식 주세요. 배고파요!"라는 아이까지.

지금의 나라면 옆방에 엄마들이 있든 말든 단호하게 분위기 잡고 수업을 이어나갔을 텐데, 당시에는 그러지 못했다. 엄마들 눈치를 보며 아이들을 다독이기만 했다. "오늘따라 왜 그래, 얼른 읽고 수업하자", "이따 집에 가서 밥 먹어야 하니 간식은 다른 날 먹자" 등.

이렇게 타일러도 아이들은 막무가내였고 수업 분위기는 엉망진창이었다. 50분이 어떻게 흘러갔는지 모르게 수업은 끝이 났다. 엄마들은 옆방에서 나와 마지못해 미소를 지으며 말했다.

"선생님이 너무 착하세요, 호호호."

나는 그 한마디로 간파해 버렸다, 선생으로서 자격이 없음을. 자존감이 바닥으로 떨어졌다.

아이들을 다 보내고 나서, 내가 아이들을 가르치는 게 과연 맞는 일인지 생각해 보았다. 대학 졸업 후 오로지 카피만 써왔던 시간들. 나는 아이들을 어떻게 혼내야 하는지도 잘 모르는 초짜 선생이었던 것이다. 비록 귀여운 아이들과 보낸 시간은 보람 있었고, 그 아이들과 논술이 아닌 책에 대한 즐거움도 함께 느끼고 싶었으나 아직은 때가 아니라는 생각이 들었다.

밤새도록 '착한 선생님'이라는 단어에 갇혀 고민한 결과, 나는 '논술 선생님'이라는 직함을 버리기로 했다.

'착함'이라는 단어가 나에게 상처를 준 건지, 아니면 나 스스로 그 착함에 갇혀 상처를 낸 건지는 사실 잘 모르겠다. 착하다는 말을 듣지 않기 위해 부러 어깃장을 놓은 것도 같다. 착함을 깔끔하게 포기하고 싶었던 마음은 나를 착하지 않은 며느리, 착하지 않은 아내, 착하지 않은 엄마로 살게 했다.

그러다가 다시 착함을 되찾고 싶어진 건 책방을 운영하면서다. 책방에 오는 손님들 중 내가 그토록 떼어버리고 싶었던 '착한'이라는 수식어를 달고 오는 이들이 왜 이리 많은 것인지. 그들은 또 왜 이리 나를 감동시키는 것인지. 그들은 나의 바보 같은 면이 좋다며 함께 웃어주고 손을 잡아주었다. 나는 무장해제당한 심정으로 다시 마음을 바꾸었다.

'착하게 살자! 착한 사람이 싫다면 책방 이름처럼 그냥 잘 익은 사람으로.'

이지선에서 '이지랄'이 될 뻔했던 나. 앞으로는 착한 손님들을 위해 더 착한 책방이 되기로 다짐한다. 그러나 손해만 보는, 어리석은 착함이 아니라 이름처럼 지혜롭게 말이다.

착함의 부작용으로 상처가 나지 않게
더 용감해져 버리기로

'잘 익은 언어들' 식 포장법

끝까지 가봐야만 아는
어떤 것들

가수 김종국은 징병검사에서 4급 판정을 받았다고 한다. 공익으로 군 복무를 대체했는데, 그 과정에서 김종국처럼 튼튼한 사람이 군대를 면제받았다고 말이 엄청 많았나 보다. 결국 김종국은 자신이 척추측만증이라는 사실을 공개했으나, 사람들은 반듯해 보이는 등 사진을 보며 또 악플을 달았다고 한다. 척추측만증인 사람은 절대 반듯한 등 근육이 나올 수 없다는 식으로 말이다.

그러자 김종국은 악플러들에게 또 다른 사진을 공개했다. 그것은 척추측만증으로 휘어진 등 척추 엑스레이 사진이었다. 그러면서 자신이 이렇게 운동 중독이 된 이유는 바로 척추측만증 때문으로, 척추측만증의 진행을 막기 위해 척추 근육들을 강화시키는 운동을 한다고 설명했다.

그리고 덧붙였다. 자신이 못 한다고 단정 짓고는 해낸 사람을 오히려 폄훼해야 위로가 되는 사람들이 있다면서, 그러지 말고 남들이 안 된다고 믿는 걸 해내는 즐거움을 느껴보라고 말이다.

남들이 안 된다고 믿는 것을 해내는 즐거움!

내가 책방을 하겠다고 했을 때도 주변에서 반대하는 사람들이 많았다. 또한 책방을 열심히 꾸리고 있는데도 나를 걱정하며 조언해 주는 분들도 많았다.

"책만 팔아 수익이 안 되니 커피를 같이 팔아요."

"굿즈도 많이 가져다 두고 인스타 감성을 살려봐요."

물론 틀린 말은 아니다. 하지만 내가 고집스레 책에 집중하는 이유는 책방의 목적이 '책'이어야 한다는 생각 때문이다.

내가 카피라이터가 되겠다고 서울에 올라갈 때도 말리

는 친구들이 많았다. 지방대 나와서 '제○기획' 들어갈 것도 아닌데, 가서 엄청 고생만 할 거라고. 그 말은 사실 하나도 틀리지 않았다. 고생도 할 만큼 했고, 제○기획은 근처도 못 가보고 말았으니. 그러나 나는 당시에 일해서 번 돈의 80퍼센트를 광고 카피를 배우는 학원비로 내도 아깝지 않았다.

나머지 20퍼센트의 돈으로 겨우 먹고살아도 배우는 일이 즐거웠다. 내가 원했던 일이기 때문이다. 물론 힘들기는 했다. 술 마시고 울기도 많이 울었다. 늘 더 좋은 광고회사에 들어가지 못해 갈증을 느꼈고, 현실 한탄도 했다. 하지만 버텼다. 마침내 서른이 넘어 원하던 직장에 카피라이터로 취직했고, 굵직한 광고들도 만들 수 있었다.

그리고 지금은 책방지기로 제2의 인생을 살고 있다. 제2의 인생이라는 것이 물론 재산 증식과는 전혀 상관없어 보일지라도 나는 감사하고 만족한다. 그럼 된 거 아닌가. 어쩌면 인생은 답이 정해진 곳으로 가더라도 실패할 수 있는 것이거늘. 늘 답은 내가 스스로 찾는 거라 생각한다. 딱 한 가지만 놓지 않으면 된다. 하고자 하는 것이었으니까 끝까지 가보는 것. 만약에 이래도 저래도 안 되면 또 다른 방법을 찾아야겠지만, 책방만큼은 끝까지 해보고 싶다는 오기가 생긴다.

남들이 '책방으로 먹고살기 힘들 거야'라고 여기는 그 관념을 넘어서고 싶다. 책방을 하면서도 얼마든지 잘 먹고 잘 살 수 있다는 것을 보여주고 싶다. 힘들 것이다. 울 일도 생기겠지. 그러나 울 때 울더라도 끝까지, 가봐야겠다.

더 잘하기 위해서가 아니야
꾸준히 버티기 위해서야

이것은,
엔젤투자자가 쓰는 글

나는 40대 초반 당뇨를 진단받았다. 그 후로 30년 넘게 먹고 싶은 것을 맘대로 먹지 못했다. 약 20년 전엔 쓰러진 적도 있다. 아내를 못 알아볼 정도여서 충격을 받았다. 다행히 오랜 기간 입원 치료를 받고 일상을 되찾았다.

몇 년 전에는 신장이 좋지 않아 두 번이나 수술을 받았다. 2시간 걸린다던 수술은 6시간이 지나도 끝날 기미가 보이지 않아 온 가족이 애를 태웠다고 한다. 그럼에도 수술은 잘 끝나서 현재는 약도 열심히 먹고 운동도 꾸준히 하며 지낸다.

먹성이 좋은 편인데, 건강 관리에 철저한 아내에게 눈치가 보여 저울에 정확히 달아주는 식사로만 배를 채운다. 하지만 막걸리까지는 도저히 포기할 수 없어 가끔 아내 몰래 모래내시장에 가서 순대에 막걸리 한두 잔을 마시고 온다. 이때가 가장 행복하다.

 딸 하나와 아들 둘을 키웠다. 아들 둘은 어렸을 때부터 공부를 그렇게 잘하더니 둘 다 남들이 부러워하는 대학에 들어갔다. 장사하느라 아이들한테 제대로 신경도 못 썼는데 알아서 척척 잘해줘서 늘 희한하기도 하고 고마웠다. 그런데 하나 있는 딸은 달랐다. 어릴 적부터 산만했다. 가수를 한다고 했다가 또 어느 날은 배우가 된다며 거울 앞에서 생쇼를 하질 않나, 집중하는 모습이 영 보이지 않았다.

 그러다 딸아이는 고등학교 때 광고회사에 들어가고 싶다며 광고학과를 가보려 했으나 실력이 안 돼 지방대 국문과에 들어갔다. 대학생이 되고는 술을 어찌나 먹어대는지 몇 번이나 내쫓으려다 참았다. 그래도 다행히 졸업 전에 광고 아르바이트를 하더니 서울로 가서 광고회사를 다니겠다고 했다. 하도 간곡히 원해서 말릴 수가 없었다.

경제 사정이 좋지 않아서 고시원을 알아봐 주고 내려오는 길에 조금 눈물이 났다. 그러면서 서울살이 고단한 거 깨달으면 곧 내려오겠지 싶었다. 하지만 딸아이는 이후로 16년을 서울에서 살았다.

그래도 혼자 열심히 노력하는 게 보여서 대견했다. 취직을 하고 남자 친구도 만들고…. 한 번씩 전주에 내려올 때마다 잠만 자는 것을 보니 서울 생활이 고단하긴 고단했던 모양이다.

결혼을 한다고 남자를 소개했다. 솔직히 썩 맘에 들진 않았지만 딸이 좋다고 하는데 말릴 부모가 있을까. 잘 살길 바라면서 축복해 주었다. 결혼하자마자 임신도 하고 탄탄대로를 걷는 듯 보였으나 마냥 행복하지는 않았던 모양이다. 힘들어하는 딸아이 때문에 사위와 이런저런 얘기도 나눠봤지만 참 쉽지가 않았다. 귀여운 손녀와 손자를 봐서라도 좀 더 견뎌주기를 바랐는데, 힘든 하루하루를 살고 있는 딸을 위해 사위한테 모진 말을 하고 말았다.

딸이 수척해진 모습으로 아이들만 데리고 전주로 내려왔을 때는 억장이 무너지는 것 같았다. 그래도 혼자서 두 아이 키우겠다고 일주일에 두어 번씩 서울을 오가며 일하는 모습을 보니 기특했다. 그런데 어느 날 갑자기 '책방'이란 걸 하겠다고 한다. 그냥 서점도 아니고 무슨 동네책방이란다.

평생 광고를 만들어왔으니 광고 일을 해야 하는 것 아니냐고 물었다. 카피는 책방을 운영하면서 계속 쓰면 된단다. 썩 미덥지 않았으나 월세가 저렴한 공간이라면 괜찮을 것 같아서 함께 알아봐 주었다. 그저 광고 일이나 많이 했으면.

그러나 책방 문을 열자마자 무슨 강연 행사를 한다고 나에게도 와서 자리를 채우라 한다. 작은 책방 안이 어디서 왔는지 모를 사람들로 바글거렸다. 조용히 책만 파는 줄 알았더니 우리 딸은 별스럽게 일을 벌이는구나 싶었다.

책방 안에는 커다란 테이블이 한가운데를 차지하고 있는데, 사람들이 많이 오면 이 테이블을 바깥으로 옮겨야 했다. 딸은 가끔 늙은 나라도 불렀다. 둘이서 낑낑대며 좁은 문으로 무거운 테이블을 날랐다.

어느 날부터는 지원 사업이 됐다면서 저녁 행사가 잦아

져 10시 넘어서야 집에 돌아왔다. 아내는 잦은 행사에 불만을 토로했다. 행사 후 피곤해 보이는 딸을 붙들고 아내가 "뭐라도 남는 게 있냐"고 물어보자 딸은 사뭇 진지한 어조로 "돈보다 더 귀한 것이 남는다"고 했다. 아내는 한숨을 내쉬었다.

어쨌거나 딸은 책방 일로 항상 바빴지만 그 어느 때보다 즐겁고 에너지가 넘쳐 보였기 때문에 뭐라 할 수가 없었다. 저녁 행사가 있을 때는 끝날 무렵에 슬쩍 책방으로 가보았다. 테이블이 안에 있으면 그냥 돌아오고 바깥에 있으면 안으로 넣어주기 위해 사람들이 나올 때까지 기다렸다.

어느새 얼굴을 조금 알 듯한 손님들도 생겼다. 그 손님들은 자신들이 테이블을 함께 옮기겠다며 아버님은 가서 쉬시라고 했다. 좋은 사람들이 주변에 많이 생긴 것 같아 마음이 놓였다.

책방 문을 열고 한 4년이 지났을까. 딸이 봐둔 집이 있다면서 보러 가자고 한다. 후미진 골목 끝의 40년은 훌쩍 지난 단독주택이랄지, 차도 못 들어가는 골목의 오래된 집들을 자꾸 보여준다. 지금 책방은 재계약할 때마다 세가 오를까 봐 불안한 데다, 자신은 오래오래 책방을 하고 싶으니 독립적인 공간이 어떻겠냐면서. 리모델링하면 꽤 괜찮은 집으로 재탄생할 거라고 덧붙인다.

물론 리모델링을 통해 주택이 멋진 카페로 변하는 것도 보긴 했지만, 주택에서 아이들과 셋이서만 지내야 하는 상황이 마뜩지 않았다. 세상 참 편하게 사는 딸이라 무섭지 않다고, 밥도 잘 먹이겠노라 큰소리를 치지만 부모인 우리 맘은 편치 않았다. 돈은 얼마나 있냐고 물어보니 너무나 당당하게 은행에서 대출을 받을 거란다. 아내와 나의 한숨이 깊어졌다.

그러다 우연히 단독주택 골목가에 40여 평의 땅이 급매물로 나와 있다는 걸 알게 되었다. 집을 짓는다면 20여 평밖에 안 되지만 책방을 하기엔 충분했다. 낡은 집을 사서 리모델링하느니 새로 짓는 게 나을 수도 있었다. 손을 놓은 지는 좀 됐지만 과거에 나도 집을 지어본 사람인지라 직접 지어주면 어떨까 싶었다.

나의 생각을 넌지시 얘기하니 딸의 눈이 휘둥그레졌다.

놀란 눈치다. 그저 월세만 안 내는 작은 공간이면 감지덕지했는데 갑자기 책방을 짓자고 하니 놀랄 만도 하다.

먼저 은행 대출부터 알아보자고 했다. 생각보다 대출받을 수 있는 돈이 적었다. 딸이 내 눈치를 보기 시작했다. 결국 아내와 밭농사라도 지어볼 요량으로 사둔 시골의 땅을 내놓았다. 일이 되려고 그랬는지 내놓자마자 팔렸다. 그래도 집 지을 돈은 터무니없이 모자랐다. 딸아이가 사방팔방으로 대출을 알아보러 다녔다. 밥도 제대로 못 먹는지 갈수록 핼쑥해졌다. 그나마 소상공인 자격으로 대출받을 길이 좀 열렸나 보다.

걱정이 앞선다. 앞으로 책방을 하면서 그 많은 빚을 갚을 수나 있을까. 그래도 열심히 해온 딸에게 투자하기로 했다. 아니 '잘 익은 언어들'을 믿고 투자하는 거다.

나는 이 책방이 전주에서 좀 더 단단히 뿌리내리기를 바란다. 그리하여 딸아이가 큰소리친 것처럼 지금의 오래되고 낡은 동네 분위기를 더 생기 있게 바꿔나갔으면 좋겠다. 만약 이 책방지기가 게으름을 피우거나 딴짓거리를 하면 바로 투자금 환수를 요구할 것이다.

어느덧 시간이 흘러 공사가 마무리되었다. 아무것도 없던 맨땅에 꽤 멋스럽게 책방이 올라섰다. 짓기를 잘했다는 생각이 든다. 2층 옥상에 올라가 보니 전주 시내가 한눈에 내려다보인다.

잘 익은 언어들의 내일을, 딸의 미래를 거듭 응원한다.
(딸아, 잘돼서 빠른 시간 안에 빚을 갚아주길 바란다. 네 몫은 옥상밖에 없는 것 같다. 다 나와 은행의 몫이다.)

산만한 게 좀 걱정이었지만 한 우물을 파는 내 딸
그래, 한번 책방지기로 끝장을 보거라

※ 이 글은 엔젤투자자의 마음의 소리를 풀어 쓴 것입니다.

잘 팔리는 책

책방지기가
가장 좋아하는 책은

팔고 싶은 마음만큼
잘 팔리는 책

여기저기서
잘 팔리는 책이 아니라

이상하게도
우리 책방에서만
잘 팔리는 책

4장

여기서만 하는 이야기

그냥, 가족

"엄마, 아빠랑 통화했어."

"어, 그래? 오랜만에 전화했구나. 잘 지내신대?"

"응. 어디 이동 중이라고 했어."

"어디 가는 길이었나 보네."

"그냥 이동 중이라고만 했어. 그리고 안부 전화 줘서 고맙대."

"잘했네, 우리 아들."

"응. 그리고 나 오늘 학습지 센터에서 시험 봤는데, 100점하고 94점 맞았어."

"아하~ 지금 자랑하는 거 맞지?"

"전국 평균이 78점이래."

"오, 그래? 잘했어. 추운데 어서 집에 들어가."

"응, 엄만 몇 시에 와?"

"엄마는 오늘 책방에서 일이 있어서 밤 9시쯤 들어갈 거야. 할머니랑 먼저 저녁 맛있게 먹어."

"응, 빨리 와."

"그럴게."

전화기 너머 아들 녀석의 목소리에서 왠지 모를 힘이 느껴졌다. 평소에는 안부 전화를 걸라고 시켜야 겨우 하는 녀석이 오늘따라 무슨 일로 먼저 걸었을까. 날씨가 너무 추워서 생각이 났을까, 아니면 태권도 학원에서 받아 온 생애 첫 트로피를 자랑하고 싶어서였을까. 달랑 짧은 전화 한 통에 많은 생각이 들었다.

애들 아빠와는 따로 지낸 지 꽤 됐다. 가까운 지인들에게는 농담처럼 "바빠서 이혼 도장 찍을 시간도 없다"라고 말하곤 했지만, 사정이 있어서 이렇게 산다. 이혼 가정이 꽤 많음에도 여전히 우리 사회는 이혼에 대한 시선이 곱지 않다. 특히 이혼 가족 아이들에게는.

사실상 서울 생활을 접고 전주에 내려온 뒤 거의 혼자 아이들을 감당하며 싱글 맘으로 살다 보니 불편한 시선들을 적잖이 받아왔다.

아이들은 '서류상이라도 부부로 붙어 있는' 지금의 상태를 그나마 다행이라 여기는 듯했다.

사회적 상황이 많이 바뀌고 가족의 다양성을 존중하는 시대라지만 대한민국의 '가족주의'는 뿌리가 깊다. 교과서가 달라졌다고는 해도 엄마, 아빠가 함께하는 장면이 당연하다는 듯 너무 많이 나온다. 또 아빠나 엄마가 부재하는 가족이 생각보다 많은데도 '부모'와 함께 준비하는 숙제를 내주곤 한다. 우리야 뭐 그렇다 쳐도 조부모와 사는 아이들이나 부모 없이 지내는 아이들의 심정은 어떨까.

우리 아이들 역시 '정상가족'이라는 울타리 안에서 보호받기를 원한다는 걸 안다. 그것이 설령 '이상한 정상가족'*이라 해도 말이다.

---

* 《이상한 정상가족》(김희경 지음, 동아시아, 2017)에서 차용함.

이혼이라는 문제에 대해 아이들과 허심탄회하게 대화를 나눈 적이 있다. 딸은 "굳이 꼭 해야겠어? 그냥 이렇게 살면 안 돼?"라며 '이혼 가정'이 되기를 꺼렸고, 아들 역시 "안 하면 좋지"라고 대답했다.

"이혼을 하면 뭐가 가장 안 좋을까?"라는 질문에는 이혼한다고 해서 더 불행해지는 것도 아닌데, 뭔가 짠하게 보는 시선들 때문에 싫다는 것이다. 이혼 후 더 당당해진 경우도 있고 더 나은 삶을 사는 사람들도 있지만, 여전한 그 사회적 시선이 문제란 말씀.

내가 전주에 내려와서 종교 생활을 하다 만 이유 중 하나도 그들이 우리 아이들을 '아빠와 떨어져 지낸다'는 사실만으로 안쓰럽게 바라보고 수군댄다는 데 있었다. 그리고 특정 종교인들이 가진 뿌리 깊은 가족주의에 대한 믿음도 나로 하여금 발길이 멀어지게 했다.

한결같이 5월이 되면 가정의 달 특집으로 "아버지는 가정의 튼튼한 기둥이요, 어머니는 그 가정을 위해 헌신해야 한다"는 설교로 홀로 가정을 지탱하고 있던 나를 흔들었다. 게다가 부부가 살면서 부족한 부분이 있으면 무조건

고쳐 살아야지 이혼하면 '절대 안 된다'는 식의 훈수(?)가 계속되자 더 이상 참기 힘들었다.

어쨌거나 전주에 내려와서 내가 경험했던 불편한 시선들을 우리 아이들 역시 감내하고 있었으리라. 친구들의 질문에 '부연 설명'을 해야만 했던 시간이 있었을 텐데…. 그 불편했을 마음을 먼저 헤아리지 못한 엄마라 미안하고, 한편으로는 내색 않고 잘 견뎌준 우리 아이들이 대견하기도 하다. 하지만 이제는 그런 시선 따위 우리부터 거두자고, 우리부터 달라지자고 말하고 싶다.

주변에도 이혼 후 혼자 사는 친구들이 꽤 있다. 물론 처음엔 힘들다. 아이들도 엄마도 적응할 시간이 필요하지만 어느 정도 시간이 지나면 거의 대부분 이혼 전보다 훨씬 더 잘 지낸다.

부부 사이의 일은 함부로 속단해서는 안 되지만, 매일 부딪치며 한숨 속에 사는 삶보다 때론 더 나은 미래를 위해 과감한 선택이 필요할 때가 있다. 그리고 선택을 했다면 후회하지 않기 위해 더 열심히 살면 된다.

이제는 이혼 가족이나 비혼 선언이 그리 낯설지 않다.

다양한 가족의 형태를 쿨하게 받아주는 세상이 다가오고 있다. 그러고 보면 결혼 적령기라는 말도 사라지지 않았는가. 20대 후반만 되어도 노총각, 노처녀라고 얘기하던 일이 아득한 과거가 되었듯, 머지않아 이혼 가정에 대해서도 그럴 날이 올 것이다. 모두가 차별 없이 '그냥, 사람'*인 것처럼 모든 가족은 다 '그냥, 가족'인 것이다.

시선들에 갇혀 괴로워하지 말기
시선 밖으로 나와서 쿨하게 살기

---

* 《그냥, 사람》(홍은전 지음, 봄날의책, 2020)에서 차용함.

우리는, 그냥, 가족

앞을 보면 화나고
뒤를 보면 짠하고(딸에게)

2020년, 벌써 1년 전의 너

요즘의 너는 그렇다. 외출할 때마다 두꺼운 파운데이션으로 아직 덜 여문 피부를 덮어버린다. 눈썹은 거의 밀어버린 다음 까맣게 그렸는데, 양쪽 길이도 높이도 두께도 다 다르다. 만화 주인공 짱구 같다고 말하면 화를 낸다. 속눈썹은 마스카라로 기술 좋게 올렸다. 눈동자에는 서클렌즈를 껴서 실제로 너의 눈이 어땠는지가 기억나지 않는다.

얼굴은 늘 무표정하고 눈동자는 커 보이는데 생기가 없다. 마른 체형의 너는 163센티미터의 키에 힘없이 팔을 휘적거리며 다닌다. 너는 매운 떡볶이와 불닭볶음면을 주식처럼 먹고, 집에서 밥을 챙겨 먹기보다 편의점에서 사다 먹는 걸 좋아하며, 격주로 치킨을 배달시키지 않으면 안 된다.

시험 기간에는 2주 전부터 비상 걸린 사람처럼 밤늦게 까지 공부하고 주말에도 스터디카페에 나가서 열심이다. 시험이 끝나면 꼬박 하루는 잠을 자는 데 쓰고, 나머지 며칠은 게임을 하거나 넷플릭스를 본다.

언젠가 우울한 낯빛을 하고 있길래 "표정이 왜 그러니?" 물었더니, "그럼 내가 지금 웃기를 바라는 거야?"라고 해 서 할 말을 잃었다.

그럼에도 너의 웃음소리를 가끔 듣는다. 유튜브 영상 같 은 것을 보다가 웃는 소리다. "뭐가 그리 재밌어?" 물어보 면 "개웃겨!"라는 대답이 돌아온다. 친구들과 게임할 때도 웃는다. 가끔 못 들은 척하지만 욕도 들린다. 나는 네가 살 짝 무섭다.

네가 나를 급히 부를 때가 있다. 둘 중 하나다.

"먹을 것 좀 사다 줘!"

"나 이거 지금 사야 해!"

살가운 모녀 사이까진 바라지도 않건만 지금의 너와 나는 부딪치면 안 된다. 긴 대화는 아예 시도조차 못 할 때가 많다.

너는 거의 방문을 닫고 지낸다. 환기를 시키려면 네가 나간 후에나 가능하다. 가끔 너의 책상을 치우며 노트를 보면 놀랍다. 필기가 꼼꼼하고 글씨도 가지런하다. 화장만 열심히 하는 줄 알았는데 노트 필기도 열심히 하는구나. 노트 필기 부분을 사진 찍어 나만의 사진첩에 저장한다.

그러고 보면 너는 적당히 상위권도 유지하고 친구들도 많아 보여 참 다행이다. 그런데 나에겐 참 못됐다. 한마디 한마디가 상냥하지 않다. 슬프다.

"나쁜 지지배! 넌 너밖에 몰라!"

무려 '잘 익은 언어들'의 책방지기란 자가 욕을 한다. 그것도 딸에게.

나는 매일 설익고 섣부른 언어로 너와 다투고 후회하는 엄마다. 너에게 욕도 하고, 꺼지라고 하고, 나가라고 한다. 지금에야 고백하지만 안 꺼지고, 안 나가줘서 고맙다.

다른 데에서 생겨난 부정적인 감정을 자녀에게 쏟지 말

라는 육아서의 일침을 알면서도 놓치는 것은 내가 어리석은 사람이라 그렇다. 내 감정을 전이시키지 않으려 해도 할 일이 많거나 피곤한 날에는 부정적인 감정이 불쑥 튀어나온다. 돌아보면 그리 화낼 일도 아니었는데, 화를 내다 보면 점점 더 화가 나서 미친 사람처럼 돌변할 때가 있다. 그러다 나중엔 결국 나 자신에게 화를 내고 있다는 것을 깨닫는다.

너에게 미안하다, 네가 사춘기를 통과하는 동안 나도 아팠다. 우리는 같이 성장통을 앓았다. 그래도 내가 너보다 30년이나 더 산 어른인데, 어른처럼 굴지 못해서 미안하다.

책방에서는 다른 사람인 양 네 또래 아이들과 마주 앉아 아무렇지도 않은 척 이야기를 나누었다. 때론 해맑게 웃는 아이들을 보며 너의 쓸쓸한 뒷모습이 생각나 눈물짓기도 했다. 또 아빠와 다정한 대화를 나누는 아이들이 얼마나 부러울까 생각하면 심장이 아파왔다.

2021년, 지금

고등학생이 된 너는 공부를 열심히 한다. 학교, 학원, 독서실을 오가며 정말 열심이다. 언제 다 풀 수 있을까 싶게 두꺼운 문제집들이 한가득이지만, 너는 차곡차곡 열심히 푼다. 깨알같이 쓴 스케줄 노트를 보면 나와 닮지 않은 꼼꼼함이 대단하게 느껴진다.

네가 공부에 집중해 주고 있어서 고맙다. 마음의 짐이 좀 덜어진 기분이다. 어쩜 지금, 우리는 가장 힘든 시간의 터널을 지나고 있는지도 모른다. 그래도 조금만 더 견디면 터널의 끝이 보이지 않을까. 여전히 살갑고 다정한 모녀 사이는 아니지만 조만간 서로에게 가장 좋은 친구가 되는 날이 오리라 믿는다.

"엄마, 책방 하지 말고 딴거 하면 안 돼? 취직을 좀 하거나, 아니면 차라리 수업을 하면 어때? 카피를 많이 쓰거나. 왜 자꾸 책방에만 이렇게 집착해, 응?"

너의 걱정을 안다. 네 앞에서 통장 잔고를 너무 자주 들켰다. 혼잣말이라도 쪼들린다는 말을 달고 살아서 미안하다. 하지만 책방 하는 엄마를 좀 더 자랑스럽게 생각해 줄 날이, 꼭 오리라고 믿는다. 내가, 너를 믿는 것처럼. 코로나19가 가고 나면 분명 책방 르네상스 시대가 펼쳐질 거야.

딸아, 엄마에게 다 계획이 있어. 기다려줄래? (뒷감당은 나중에.)

엄마가 바보가 아니라는 것을 보여줄게
다정하게 팔짱 끼고 다닐 그날을 기다리며

짜샤, 엄빠가 있잖아!

"엄마, 내 친구는 주말마다 아빠랑 낚시도 가고 차박(차에서 하는 캠핑)도 한대. 나도 해보고 싶어."

"응, 그렇다면 엄마 차에서 하룻밤 자자. 밤에 별 보면서 컵라면도 먹고. 여름엔 벌레 때문에 좀 그러니까 초가을쯤에 한번 도전해 볼까?"

가끔 아들이 이런 이야기를 꺼내는 순간 콧날이 시큰해지기도 한다. 하지만 말 그대로 0.5초 정도 되는 짧은 순간이다. 꼭 이런 일들을 아빠와 해야 하는 것은 아니니까. 다행인 건 아들이 이런 생각을 속에다 두지 않고 자연스럽게 꺼내주었다는 사실이다. 예전엔 아들이 너무 말이 없어서

걱정도 했는데, 요즘은 자신의 생각을 조리 있게 표현할
줄 안다.

아들이 점점 커가며 축구를 즐기는 등 역동적이 되면서
나까지 덩달아 운동을 하게 된다. 운동장에서는 같이 공을
차고 집에서는 태권도와 씨름을 한다. 나는 아들보다 몸집
도 크고 힘도 세지만 기술이 없어서 번번이 지고 만다. 숨
을 거칠게 몰아쉬며 온몸으로 놀아주고 나면 왠지 아들과
하나가 된 느낌이 든다.

지난봄에 아들 친구네 집에서 자전거를 하나 주었다. 아
들은 두발자전거가 처음이었으나 겨우 이틀 연습하고도
쌩쌩 탈 정도가 되었다. 학교 오가는 길이 자전거 타기에
는 위험해 보였지만, 더워도 헬멧은 물론 무릎 보호대와
팔꿈치 보호대까지 챙기고 나섰다. 3~4개월 동안 매일같
이 타다 보니 어느새 아들은 자전거와 하나가 된 듯 자연
스러워졌다.

날이 갈수록 실력이 좋아지면서 나에게도 자꾸 자전거
를 타고 나가자며 조른다. 다른 친구들은 이미 '아빠'와 저
멀리 라이딩을 다녀왔다고 자랑했나 보다(엄마들은 뭐 하고

아빠들만 아들과 나들이를 가나 몰라). 그리하여 나도 정말 거의 10년 만에 자전거를 타게 됐다. 바퀴만 굴러가도 다행이다 싶었는데, 다행히 한번 익힌 자전거 기술은 몸이 기억하고 있었다. 시원한 바람이 피부에 닿자 오래 잊고 있었던 상쾌함이 온몸으로 느껴졌다.

아들은 나와 함께하는 첫 라이딩에 신이 났다.

그 신난 모습에 나도 허벅지에 힘을 팍팍 주어가며 열심히 페달을 밟았다. 어느새 한옥마을에 있는 한벽루에 도착했다. 생각보다 오래 걸리지 않았다. 전주는 끝에서 끝을 달려도 무리 없는 길, 딱 좋다.

한벽루 아래에서 자전거를 세우고 잠시 휴식을 취하자니 불어오는 바람이 너무 시원했다. 오랜만의 도전에도 잘 따라와 준 나의 체력이 고마웠다. 뿌듯한 마음으로 한벽루에 올라가 아들과 함께 '인증 사진'을 남겼다. 우리는 남부시장에 가서 점심을 먹고, 청년몰 안에 있는 책방토닥토닥에도 잠시 머물렀다.

집에 돌아오는 길은 내리막이 좀 더 많아서인지 페달이

훨씬 가볍게 느껴졌다. 주변을 둘러볼 여유도 생겼다. 청둥오리들은 냇가에서 고기를 잡아먹느라 분주했고, 백로는 징검다리 한가운데서 멋지게 폼을 잡고 있다가 날개를 펴고 날아올랐다.

행복이 별건가 싶었다. 아직 오지 않은 미래 따위는 생각하고 싶지 않았다. 때때로 아들의 마음에도 결핍이 깃드는 순간이 있겠지만 이런 추억들이 그 결핍을 채워줬으면 하는 바람이다.

엄마가 잘 따라오는지 아들이 뒤돌아 확인하며 해맑은 표정으로 손을 흔들었다. 나도 아들에게 기다란 팔을 휘휘 저으며 응답해 주었다.

책방을 하면서 행복에 대해 자주 생각한다. 지금 웃는 것, 지금 웃을 수 있는 것이야말로 행복이 아닐까. 그렇기에 내가 하고 싶은 일을 '지금' 하는 것이 얼마나 중요한지 깨닫는다. 아들이 지금, 행복했으면 좋겠다. 이 시간만큼은 오직 자전거에 온몸을 내맡기고 아무 생각도 하지 않기를.

엄마인 나도 신나게 페달을 밟는다.

(그러나 다음 날, 엄마는 근육통으로 끙끙 앓았다지요.)

너희들을 위해선 달리는 기차도
막을 수 있는 게 엄마란다

알아도 모르는 척

열한 살 아들에겐 마치 형제 같은 친구 J가 있다. 어린이집에 다니던 세 살부터 함께한 친구로, 유치원뿐 아니라 초등학교도 함께 다닌다. 특히 3, 4학년 연속 같은 반이 되어 지내고 있다. 혹시 선생님이 이 둘의 우정을 알고 어디 한번 놀 만큼 놀아보라며 같은 반으로 엮어주신 건 아닌지 고마울 정도다.

외로워하지 않고 학교생활을 한다는 게 얼마나 큰 선물인지, 학교 끝난 후 함께 놀 수 있는 친구가 있다는 게 얼마나 고마운 일인지, 아들 녀석도 커갈수록 깨닫게 될 것이다.

집 아니면 놀이터에서나 놀던 아이들이 작년 여름부터 두발자전거를 연습하더니 놀이의 영역을 넓혔다. 둘이서 자전거를 타고 전주 천변을 다녀오기도 하고, 오는 길에 편의점에 들러 컵라면을 사 먹는 등 독립된 두 자아로 활동하기 시작했다.

아들에게 전해 듣는 둘의 모험담은 꽤 재밌으면서도 왠지 애틋했다.

'이 녀석들도 곧 훌쩍 커버리겠지.'

둘의 추억이 더 다채롭고 단단해지기를 바라는 엄마 마음이다.

책방 건너편에 둘이 함께 다니는 태권도 학원이 있어서 끝나고 한 번씩 책방에 들른다. 둘 다 책에는 별로 관심이 없고 간혹 표지나 제목이 웃긴 책을 발견하면 깔깔거리기나 한다. 둘을 붙잡고 그림책이라도 읽어줄라치면 "어서 이곳을 탈출하자"며 금세 하나가 되어 책방을 벗어나는 것이다. 그 뒷모습에 결국 엄마 책방지기는 미소를 지으며 포기하고 만다.

"엄마! J랑 놀다 올게!"

아들 녀석도 다 알 것이다. 자신의 그 활기찬 목소리에
내가 얼마나 안도하고 있는지, 내가 함께해 주지 못하는
많은 시간 동안 친구와 우정을 쌓고 있어서 얼마나 대견해
하는지를.

더불어 고마운 건 그 친구의 엄마다.

우리 아들이 아빠와 자주 만나지 않는 것도 알고 짐작
가는 바가 있을 텐데 단 한 번도 어린 아들에게 묻지 않았
다. 자주 보는 나에게도 우리 집 사정에 대해 묻지 않는 걸
보며 친구 엄마의 사람됨을 어림짐작했다. 우리는 대화 중
에 단지 아들의 학교생활이나 학원 정보를 공유했을 뿐이
다. 책방 문을 연 후로 저녁 식사 시간대를 지나 행사를 하
거나 밤늦게까지 일할 때가 많았는데, 그럴 땐 함께 놀고
있던 우리 아들의 밥까지 챙겨주었다. 나는 항상 미안함과
고마운 마음이 가득했다.

언젠가 오랜만에 그 친구네와 넷이 모여 밥을 먹고 차
마시며 이야기하던 중 내가 먼저 '아빠의 빈자리'에 대해
말을 꺼냈다. 그동안 궁금했을 텐데 묻지 않아줘서 고맙다
고도 전했다. 그게 무슨 상관이냐고, "그저 둘이서 싸우지

않고 잘 놀면 되는 거죠"라고 대답하는 그녀. 그 말에 마음이 뭉클해졌다.

이와 반대로, 호기심으로 내뱉는 무례한 말들에 상처를 받은 경험도 있었다. 딸이 다니던 학교 엄마들은 서울살이를 하다 전주로 내려온 우리 집에 대해 궁금한 게 많았던 모양이다. 그 궁금증을 딸아이를 통해 해결하려는 듯 "아빠 주말에 오시니?", "왜 서울에서 내려왔니?", "아빠 안 보고 싶어?"와 같이 어린 딸의 마음에 생채기 낼 수 있는 질문들을 마구 던졌다.

자존심이 센 딸은 그런 질문들에 아무렇지 않은 척 대답했겠지만, 나는 건너 듣는데도 화가 났다. 이런 과정을 지나왔기에 아들을 편견 없이 대해준 친구 J 엄마에게 더 고마웠다.

지금 아들은 J 외에 친구 C까지 셋이서 깊은 우정을 쌓는 중이다. 가끔은 서로에게 서운해 툴툴거릴 때도 있고 삐걱거릴 때도 있다. 하지만 "어디 있니?"라고 물었을 때 "C네 집에서 놀고 있어" 또는 "J네 집이야"라는 아들의 대답이 들려오면 언제나 안심이 된다. 아이를 함께 키우는 엄마로

서 알아도 모르는 척해주는 두 친구 엄마의 배려심이 참
따뜻하게 와닿는다.

그럴 수도 있지, 하는 그 마음이
그저 고마워서

고마움을 꽃으로 표현한다면 백만 송이 백만 송이…

밥상과 보청기

엄마   북엇국도 끓였고 시금치도 새로 무쳤다. 가져다
        먹어.

나   곧 내려갈게용.

11층에서 10층으로 내려간다. 현관문 비밀번호를 누른
다. 문이 열린다. 나의 부모님이 사시는 곳이다.

위아래 아파트에서 나란히 사는 딸과 친정 부모. 이렇게
사는 사람이 대한민국에 과연 몇이나 될까.

부모님 댁은 원래 근처에 있는 아파트였다. 그런데 우리
집 아래층이 이사 간다는 정보를 듣자마자 나와 아이들을

위해 같은 아파트로 이사를 오신 것이다. 저층에 살다가 햇빛 잘 드는 고층으로 옮기고 집에 대한 만족도는 높으셨지만, 사실 저녁밥을 함께 먹는 일은 엄마에게 큰 부담이었다. 말씀은 "숟가락만 몇 개 더 놓으면 된다"라고 하셨어도.

책방을 하면서 사람들이 흔히 "그 열정은 도대체 어디서 나오냐"고 나에게 물을 때마다 친정엄마를 떠올렸다.

"제가 사실은 말이죠, 친정엄마의 등골 브레이커입니다."

그렇다. 내 열정의 원천은 엄마가 차려주시는 밥상이었다. 부끄럽지만 나이 마흔 중반이 넘어서도 친정엄마의 밥을 먹는다. 책방 월세 내고 애들 학원비 내고 나면 남는 돈도 없어 늘 쩔쩔매는 딸을 위해 날마다 고운 밥상을 차려 내 주시는 엄마. 먹을 때마다 솔직히 민망한 마음이 들곤 한다.

전북 임실이 고향인 엄마는 7남매의 맏딸로 태어나셨다. 어릴 적부터 살림을 거의 도맡아 해서 지겨울 만도 한데 지금도 우리 가족 때문에 날마다 반찬 걱정을 하고 계시니…. 그저 내 역할은 엄마가 하시는 말씀이나 잘 들어 드리는 것이다.

"지선아, 거시기 있잖여. 내가 오늘 아침 라디오에서 〈여성시대〉를 듣는디, 어찌나 사연이 웃긴지, 너한테 좀 얘기해 줄라고 혔는디 새까맣게 잊어묵었다. 어찌 그리 듣고도 바로 잊어버리는지 모르겠어."

"나는 책방서 더 재미난 일이 있었어! 오늘 처음 온 손님이 계셨는데, 우리 책방 단골손님이 들어오자 너무 반가워하더라고. 서로 아는 사이였던 거야. 근데 잠시 후에 또 다른 손님이 들어오자 난리가 났어. 셋이서 아는 사이였던 거지. 책방에서 다 만난다며 나한테 고맙대. 셋이 기분 좋게 커피 마시러 가더라. 참 세상이 넓으면서도 좁아."

"야, 그런 얘기도 재미나게 써서 〈여성시대〉에 보내봐라, 선물도 꽤 많이 주는디. 나는 글을 못 써서 사연도 못 보내고 생각나는 것도 싹 다 잊어버린다잉."

이렇게 모녀가 신이 나서 얘기를 주고받고 있으면 아버지가 빼둔 보청기를 다시 주섬주섬 귀에 꽂으며 식탁으로 오신다.

"나 빼고 뭔 재미난 얘길 그리 하고 있소?"

"아부지 흉보고 있었는디요? 계속하게 다시 보청기 빼셔요. 하하하."

저녁 식사 시간에는 잠시라도 웃을 수 있어야 밥 먹는 게 덜 민망하다. 사실 일이 많고 행사가 많을 때는 내가 뭐라도 된 듯 밥 먹는 일도 당당했는데, 코로나19로 책방 손님이 줄고 수입이 줄자 부모님 앞에서도 쪼그라들기 시작했다.

밥하느라 고생하시는 친정엄마가 몸이 좋지 않은 날에는 더 눈치가 보였다. 일 좀 그만하시라고 해도 봄이면 나물을 '겁나게' 캐 와서 하루 종일 다듬고 무치고, 또 근처에 작은 밭농사까지 지으니 봄여름부터 가을까지는 항상 바쁘시다. 덕분에 엄마가 농사지은 상추와 호박, 가지를 맘껏 먹을 수 있어서 마음까지 건강해지는 기분이지만.

그런데 내가 친정엄마의 정신 건강을 위해 제발 참으시라고 말리는 일이 있다. 나와 아이들이 살고 있는 11층엔 웬만하면 올라오지 마시라는 것이다.

친정엄마에게는 많으나 유전학적으로 나에게 하나도

배송되지 않은 것이 바로 '정리 DNA'다. 우리는 똑같은 구조의 위아래 층에 살지만, 두 집의 상태는 매우 다르다. 부모님 댁은 깔끔하고 밝고 정갈한 집. 우리 집은 그냥 집구석. (감이 오려나?)

늘 뭔가를 쓰고 읽느라 노트북과 책으로 뒤덮여 있는 식탁, 온갖 종류의 커피와 머그컵 때문에 정리가 안 된 싱크대, 사춘기 딸과 엄마가 같이 쓰는 옷 방은… 음, 안 보는 게 정신 건강에 좋다. 그래서 항상 문을 잘 닫아둬야 한다. 방 안으로 들어가면 스트레스 지수가 급상승할 수 있다. (열면 다쳐.)

아무튼 부모님이 건강하신 것은 정말 큰 복이다. 두 분 덕분에 책방에 전념할 수 있으므로. 아버지야 늘 당뇨에 신장까지 좋지 않아서 약도 드시고 음식도 많이 가리시지만, 그럼에도 매일매일 엄마와 함께 열심히 운동을 하시니 다행이다. 나 역시 아프지 않은 게 가장 큰 효도라고 생각하면서, 잘 먹고 틈나는 대로 운동하려고 노력한다.

책방을 하면서 부모님께 너무나 많은 것을 받기만 했다. 심지어 나 때문에 두 분이 밭농사 지을 땅까지 팔아서 도

와주셨으니…. 언제쯤이나 부모님께 효도다운 효도를 할 수 있을까. 그래도 책방 행사 중에 부모님이 좋아하실 만한 강연이 있으면 늘 초대했고, 부모님 역시 책방의 분위기와 다정한 손님들 덕분에 한결 마음이 풍요로워졌다고 말씀하셨다. 그나마 그것이 효도 아닌 효도였을까.

앞으로도 친정엄마가 차려주시는 밥을 계속 먹을 것 같아서 미리 죄송하고 감사드린다. 대신 보약 밥상의 힘으로 보약 같은 책방을 만들어서 어떻게든 그 행복을 전해드리려고 한다.

당신들의 노후까지 책방에 투자하신 우리 부모님. 이제 내가 더 열심히 책방을 꾸려나가면서 행복한 모습으로 사는 것이 부모님이 바라시는 진정한 효도이리라.

끝내 다 갚지 못할지라도
지금 더 행복하겠습니다

무보수 영업맨과 홍보 담당

아들   책 모양 빵을 만드는 거 어때?

딸   야, 사람들이 책도 싫어하는데 책 모양 빵을 좋아하겠냐?

아들   책은 안 사도 빵은 사갈걸? 펼친 책처럼 만들어서 가운데에다 잼을 발라 접어서 먹기도 하고.

딸   그럼 책빵 모양 틀을 만들면 되겠네. 붕어빵 틀처럼!

나   니들 뭐 하니? 어떻게 하면 책을 잘 팔 것인지 고민해야지, 빵을 팔면 어떡해.

아들   책빵(책방)이니까 빵을 팔아야지!

시키지도 않았는데 무보수로 책방의 일을 고민하는 두 직원들. 나름의 영업맨과 홍보 담당자랄까. 하긴 밥 먹여 주고 재워주니 이 정도는 해야 하지 않겠는가. 딸과 아들은 책방을 뭐 하러 하냐고 물어 엄마를 당황시킬 때도 있지만, 가끔은 이렇게 아이디어를 쏟아낸다.

새로 책방을 만들면서 아들의 귀한 아이디어를 적용시키지 못한 게 못내 미안하다. 아들은 책 표지들만 따로 떼내어 바닥에 붙여 '책바닥'을 만들면 어떨까 하는 아이디어도 냈었다. 독특한 아이디어라고 생각했다. 책방의 어느 한 바닥이 책 표지들로 채워져 있으면 재밌지 않을까. 하지만 이미 바닥을 데코타일로 정해서 할 수가 없었는데 나중에라도 꼭 시도해 보고 싶다.

언젠가는 딸이 지나가는 말로 이렇게 말한 적이 있다.

"아이돌 한 명만 우리 책방에 와준다면 정말 초대박일 텐데."

그러자 아들이 한술 더 떠서 외쳤다.

"엄마! 우리 책방, 완전 성공하는 법을 찾아냈어!"

"오, 뭔데, 뭔데?"

"북한으로 가서 책을 파는 거야. 북한에는 지금 남한 책방이 없잖아!"

(진정 이 동무를 데리고 북으로 가야 하는 것인가.)

"엄마, 근데 북한은 영어 안 배우겠지? 거기는 영어로 된 말들 안 쓰잖아. 아이스크림도 얼음보숭이라고 하니까. 우리나라는 왜 이렇게 영어가 많은 거야! 북한에는 영어 학원도 없겠지? 엄마도 그냥 북한에서 책방 해!"

(결국 목적은 이거였구나.)

그럴까? 도매처에서 북한까지 택배만 보내준다면 내래 북한에 가서 '남한 책방 1호점'을 내버릴까 보다. 그래, 통일만 되면 1등으로 달려가서 가장 유명한 평양냉면집 옆에 책방을 내자! 용감무쌍한 엄마와 이런 전략가들이 함께한다면 못 할 게 없겠지. 고맙다, 내 직원들.

사랑스러운 직원들아, 너희가 독서하는 게
사실은 가장 큰 힘이 될지니

나의 야망은
멋지고 웃긴 책방 할머니

'코래드'라는 광고 대행사에 다닐 때였다. 대우 계열사의 광고를 도맡아 하다가 대우가 주춤해지자 우리 회사역시 크게 흔들렸고, 인원을 줄여야 하는 위기에 직면했다. 당시 나는 어린 딸아이 때문에 사실 야근도 주말 출근도 힘들어했기에 감축 대상 1호였을 것이다. 그럼에도일단 잘리기 전까지는 다니자며 불안감을 뒤로하고 붙어 있었다.

어느 날, CG팀의 부장님이 나에게 자기 꿈을 사라고 했다. 꿈에 회사 사람들이 다 나가고 텅 빈 사무실에서 나 홀로 커다란 책상을 차지한 채 일을 하고 있더란다. 그 책상

이 너무도 선명한 보랏빛 크리스털이어서 꿈에서도 내가
부러웠다고 한다.

나는 흔쾌히 그 꿈을 샀다. 책상을 혼자 차지하고 있대
서가 아니라 책상 소재에 꽂혀서였다. 나 혼자 살아남은
꿈인지, 다들 더 좋은 곳으로 가고 나만 버려진 꿈인지는
해석 불가이나 책상이 보랏빛 크리스털이라니…. 역시
늘 상상하는 것을 이미지로 만들어내는 CG팀 부장님의
꿈답다.

그때부터였다. 가끔 한 번씩 그 꿈이 떠오르곤 했다. 내
가 현실에서도 그런 책상에서 일할 수 있는 날이 올까 생
각하면서. 하지만 꿈은 꿈이었다. 나는 힘든 회사를 위해
명예퇴직을 했고 그 뒤로는 프리랜서로 살았으니까. 그러
나 책방을 운영하면서 그 꿈을 조금은 이룬 것도 같다. 비
록 보랏빛은 아니어도 커다란 책상에서 혼자 일을 하고 있
으니 말이다. 물론 나의 보랏빛 야망은 아직 살아 있다.

"책방을 하면서 야망을 갖는다는 건 정말 헛된 일일까?"
"야! 망하지나 마라! 야, 망! 으하하하하."

"이것들은 도움이 안 돼. 으이구."

언젠가 친구들 앞에서 '책방 야망론'을 폈다가 놀림만 당하고 말았다. 야망을 아무 데나 갖다 붙이면 안 된다는 게 이유였다. 그렇다면 책방을 하면서 내가 이루고자 하는 것은 무엇이며, 내가 하고자 하는 책방의 아름다운 끝은 어떤 모습일까. 이것은 내가 '어떤 모습으로 늙어갈 것인가'와도 통하는 문제다. 그리고 알았다. 나의 꿈과 야망은 '꽤 멋진 책방 할머니'가 되는 것임을.

칠십이 넘어도 활력이 넘치는 건강 미인이었으면 좋겠다(야망이니까 비웃지 마시라). 보랏빛 크리스털 책상까지는 아니더라도 보랏빛 자동차나 오토바이쯤은 멋지게 타고 다니는, 그런 할머니.

여전히 아이들에게 카랑카랑한 목소리로 그림책을 읽어주고, 때때로 배꼽 잡고 넘어갈 만큼 웃긴 이야기를 들려주는 책방지기이고 싶다. 멋진 글을 술술 뽑아내는 작가들을 초청하여 그들의 아름다운 언어를 전하고, 험한 시대를 바르게 살아가는 청년들을 초대하여 응원도 해주고 싶다.

흥겨운 노래가 나오면 함께 춤을 추고, 그러다 슬픈 이야기를 들으면 같이 울어주고, 동네에서 아는 얼굴들과 더불어 살아가는 사람.

인공지능이 발달하여 고객 맞춤형 북큐레이션이 완벽한 세상이 올지라도 나는 사람 냄새 나는 오류투성이 책방의 오래된 주인이고 싶다.

이것이 절대 책방이 망하지 말아야 할 이유이자, 내가 지키고 싶은 야망이라면 야망일까.

거, 뭐 내가 힙하게 늙는 걸 보고 싶다면
어서 책방 손님이 되시구려

보랏빛 꿈, 책방지기 포에버!

감정이입 잘하는 손님

킥킥킥

어머?

오~

…

…

훌쩍…

훌쩍…

(조용히, 티슈를 가져다드린다)

모두의 '책방뎐'

부부로 보이는 손님들이었다. 서가 구석구석을 어찌나 세밀하게 보시는지 괜히 나까지 긴장이 되었다. 1시간여를 꼼꼼히 살펴본 후 고른 책을 계산대로 가져오셨다. 계산을 마친 다음 책 사이에 책갈피를 꽂아드리고 인사를 드릴 참인데, 내게 종이봉투를 건네며 말을 붙이신다.

"저희, 송천동에서 왔어요."

"아, 그러셨군요."

송천동은 이곳으로 이사 오기 전에 책방이 있었던 동네다.

"새롭게 이사하고 준비하시느라 너무 애쓰셨어요. 책방

이 정말 좋네요."

"감사합니다."

"이건, 제가 피곤할 때마다 먹는 쌍화탕인데 책방지기님 드시라고 조금 가져왔어요."

"이렇게 와주신 것만으로도 감사한데…."

실제로 그날은 피로가 쌓여 몹시 힘든 날이었다.

생각지 못한 두 분의 선물에 나도 모르게 눈가가 촉촉해졌다. 애써 웃음 지으며 잘 먹겠다고 인사를 드렸다.

"정수기에서 뜨거운 물 빼서 꼭 데워 드세요."

"네!"

손님들이 가신 후 알려준 대로 쌍화탕 한 봉지를 뜨거운 물에 담가 데웠다. 뜨끈해진 봉지를 잘라서 마셨더니 속이 시원해지면서 온몸으로 쌍화탕의 기운이 퍼져나가는 듯했다. 다시 힘이 났다.

문득 누군가 나에게 던졌던 질문이 떠오른다.

"동네책방과 일반 서점의 차이가 도대체 뭘까요?"

"둘 다 책을 파는 곳이죠. 하지만 동네책방은 좀 더 사람

냄새가 나고 소통을 중시하는 곳이 아닐까요."

그러자 질문자는 무언가 깨달은 듯 말했다.

"맞아요, 동네책방은 안의 온도가 달랐어요, 온도가."

그렇다. 책방은 온도가 다르다. 그 온기에 가장 위로를
받은 사람은 바로 책방지기인 나였다.

누가 보면 이 책방엔 '진상손님'도 없고, 좋은 사람들만
오나 보다 할지 모르겠으나 우리 책방이라고 예외일 리는
없다. 단지 기억에 남는 고마운 분들이 훨씬 더 많을 뿐이
다. 내가 《책방뎐》을 쓸 수밖에 없는 이유가 바로 여기에
있다. 책방을 하기 전에는 느끼지 못했던 이 따뜻함을 알
려야겠다는 생각이 든 것이다.

또한 이것은 나만의 이야기가 아니다. 책방을 운영하
고 있는 모든 책방지기의 이야기며, 책방을 드나드는 손
님들의 이야기다. 또 아이들을 키우고 있는 엄마들의 이
야기이자, 코로나19와 싸우며 살아가는 당신의 이야기이
기도 하다.

사실 우리 모두는 일상에서 살아남기 위해 늘 피곤함과

싸우고, 불의와 싸우고, 누군가와 경쟁하며 하루하루 힘들게 살아간다. 한 개인이 따뜻함을 만들어내는 온도는 늘 부족하다. 그래서 우리는 언제나 '서로'여야 한다. 책방에서는 '서로'가 만나 온기를 나누며 어느새 따뜻함 그 이상을 만들어간다. 우리에게 진짜 필요한 것은 '책'이 아니라 '사람'이 아닐까.

앞으로도 나는 《책방뎐》을 계속 써 내려갈 것이다. 책과 손님들이 전하는 이 온기를 계속 나누기 위해서라도.

이 지면을 빌려 다시 한번 부모님과 우리 아이들, 그리고 책방 손님들에게 진심으로 고마움을 전한다.

책방뎐

위로와 공감의 책방, 잘 익은 언어들 이야기

초판 1쇄 발행 | 2021년 11월 22일
초판 2쇄 발행 | 2021년 12월 24일

지은이 이지선
책임편집 박혜련
사진제공 잘 익은 언어들
디자인 MALLYBOOK 최윤선, 정효진
제작 공간

펴낸이 박혜련
펴낸곳 도서출판 오르골
등록 2016년 5월 4일(제2016-000131호)
주소 서울시 마포구 월드컵북로54길 17, 711호
팩스 070-4129-1322
이메일 orgelbooks@naver.com
블로그 blog.naver.com/orgelbooks

ISBN 979-11-970367-5-0 03810

이 도서는 한국출판문화산업진흥원의 '2021년 출판콘텐츠 창작 지원 사업'의 일환으로
국민체육진흥기금을 지원받아 제작되었습니다.